金陵福

史上第二偉大的魔術師

目次

第二部

第三部

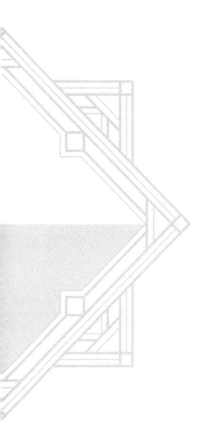

我會依他們的方式吃飯

用一雙木頭筷子

而且我會見到金陵福

表演他的魔術戲法

我會收到信件

從個蒼白的豬尾巴

因為我將啟程

從這兒到上海

——美國作曲家艾文・柏林（1888-1989）的
〈從這裡到上海〉

I'll eat the way they do
With a pair of wooden stick
And I'll have Ching Ling Foo
Doing all his magic tricks
I'll get my mail
From a pale pig-tail
For I mean to sail—
From here to Shanghai

—— "From Here to Shanghai", written by Irving Berlin

除非你們看完，打死我也不說誰是第一偉大的中國魔術師

小時候最神奇的地方莫過於中華商場，天橋上常可見到祖師級的街頭藝人。記憶最深刻的當然是無線木偶，就是有個木偶隨主人的使喚做出各種高難度的肢體動作，無論怎麼找，從沒人找出操縱木偶的隱形線。曾經兩個小流氓把玩木偶的退伍老兵打到橋下，可是當他們搶到木偶，仍然找不到線。

還有一種現在仍常見，學名為「Three Card Monte」，俗稱「尋找女王牌」。作莊的在木箱上擺了三張撲克牌，其中一張是紅心女王，他不停的變換紙牌位置，讓大家下注在他們以為是紅心女王的那張前面，說也奇怪，輸的人占大多數。

記得某個矮小禿頭的老兵輸得滿頭是汗，他要求檢查紙牌，然後轉過身將紅心女王摺個翹起的角，以為他能贏了?照輸。

一九七〇年代的一個下午，忽然全巷子不論大人小孩盡往南京東路衝，腳下的地面

不時抖動，終於擠到路邊，小丑與大象領頭的馬戲團來了。他們沿著中山北路口，一路往南京東路三段，最後到如今小巨蛋附近，有時在小巨蛋對面的中華體育館表演，有時在士林的河邊紮營。

沒錢買票，幾個小鬼朝帳蓬下挖洞，學《第三集中營》的盟軍戰俘挖地道逃出去，但我們反其道而行，好不容易挖進表演場，再被不穿上衣的蒙古人拎著衣領朝外扔。

本土也有李棠華特技團，在戲院內表演，舉凡軟骨功、花式體操，到魔術，無所不包。

從此迷上雜耍，包括魔術。

一本正經看魔術的書約二十多年前，很多好萊塢電影出現打扮成中國人模樣的洋人魔術師，以前只覺得好玩，看了書才明白，真實世界真有老外在舞台上扮成中國魔術師，為數不少。二〇一四英國演員柯林·佛斯在電影《魔幻月光》便演假扮中國魔術師的英國人，角色的名字是 Wei Ling Soo。

他們可以扮成印度人（的確扮了），可以扮成土耳其人（也的確扮了），可以扮成莫三鼻克人（這就不確定了），為什麼偏扮成中國人？存心醜化中國人？

終於搞清楚二十世紀初確有位名揚歐美的中國魔術師，他的藝名是金陵福，Ching Ling Foo。多怪的名字。美國籍經紀人替他取的，從中餐廳菜單上的菜名拼成。可能老外愛吃中國菜，可能僅是中國菜名就夠引人遐思。

十九世紀中葉至二十世紀初，在西方，可說是魔術的文藝復興期，許多古老的把戲被搬出來改頭換面，像「印度繩」，據說唐朝的長安城內，只勉強算是起碼的把戲。像「剁椒人頭」——對不起，肚子餓了，像「剁人頭」至少玩了一千年，魔術師用新的手法使表演更加血淋淋。第一個會下西洋棋的機器人「土耳其人」出現，連帶引出一百多年的幻想，包括改編成電影的《雨果的秘密》。另外，電影《魔幻至尊》，男主角愛德華．諾頓演的是黑魔術裡代表性的「神召會」。

金陵福躬逢其盛，在美國表演時，第一排坐的幾乎全是美國同行，想弄清他的手法，甚至偷學幾招。迄今魔術界公認的偉大發明，金陵福占了兩項：大缸飛水（或，大碗飛水）和中國環。

對金陵福的好奇促成這本小說，過程雖有樂趣，也頗波折，首先該寫程連蘇還是金陵福？幾經考慮，選擇更神秘的金陵福。故事場景在倫敦，我該讓人物說同一種語言嗎？若是說了兩種語言會不會穿梆？接著是有無必要公開每項魔術的秘密？

另一個最最頭痛的，金陵福的真實身分到底是誰？有些資料上說他本名朱連魁，那麼我該讓朱連魁現身於小說裡？

以上的煩惱都被老婆輕易的解決。

那天我腦袋發燒要請她出去吃飯，她面無表情的回答：

「喂，寫小說的，你剛才說的話是 fiction 還是 non-fiction ？」

打通任督二脈，氣血流暢。老婆說的對，我寫的是小說，堅持故事裡的角色和氣氛，重新塑造金陵福吧。

於是這本小說當然是虛構的，但，和好萊塢的電影一樣，加個說明：based on a true story。

我曾經以筆名「伍兩柒」出過奇幻小說《搶神大作戰》，這次本來也想用筆名，取個與金陵福、程連蘇接近的中國魔術師名字。想想看，如果張國立的英文筆名是 Chang Chop Kuang，你們聽得出鍋鏟聲嗎？Chu Sui Shi 是不是能使你們的嘴裡有點吸到麵條的快感？我最喜歡的名字則將會是 Chang You Wei，嗅得到醬油味吧！

對了，關於「Three Card Monte」可能寫成另一本騙術的小說，那時的筆名必會是 London London Chang，隆咚隆咚鏘，大家新年快樂。

第一部

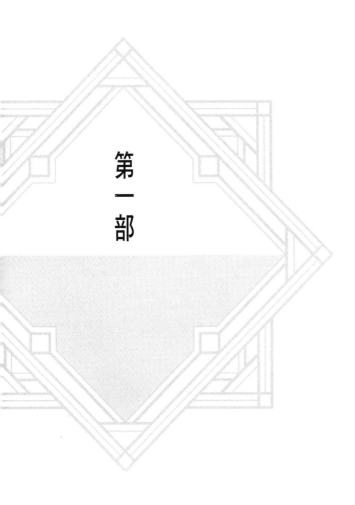

中國環 The Chinese Linking Rings

帝國劇場不到開場時間即滿座，所有人都對剛到倫敦的這個中國人好奇，門口海報寫著：

金陵福，獨一無二的偉大中國魔術師

一九〇四年的年底，清光緒三十年，倫敦籠罩在燃煤燒出的霧霾之中，重達一萬三千噸的鐵甲戰艦歌利亞號噴著濃濃黑煙在泰晤士河汙濁的河水裡緩緩駛出河口，往亞洲做它可能是最後一趟的旅程，老邁的十二吋巨砲不時扭動砲塔，彷彿伸展它依稀可見鏽斑的腰身。

劇場前照例圍滿賣菸、賣報紙、擦鞋與提炭爐賣咖啡的小販。除了排隊設法買張今晚門票的焦急人龍，一腳踩在鞋童腿上的高禮帽男人正跟另一個以玳瑁梳子整理鬍子的男人聊天，順便各要一杯咖啡。

咖啡對倫敦男人而言，重要性不亞於周報提供的娛樂消息。不滿十歲、滿臉煤灰的男孩努力煽旺爐內的火，上面的咖啡壺已發出噗噗聲。

兩個男人談論的是周報上的最新消息，金陵福是中國女皇的御用魔術師，幾年前奉皇命至美國表演，一鳴驚人。

金陵福令美國人耳目一新，許多手法是以前沒見過，據說他甚至能平空變出裝滿水的大缸。

「大缸飛水。」梳鬍子的誇張的搧動報紙。

「八十五磅重，你扛過這麼重的東西嗎？我告訴你，腰，你的腰受不了。」戴高帽的接話。

變個大缸沒什麼了不起，不過若裝滿水，八十五磅重，很難瞞過觀眾的眼睛偷偷抬上舞台。

「腰，美國報紙認為金陵福在腰部綁鐵繩，水缸吊在兩腿中間，被中國袍子遮住，到時候一鬆繩子，再退一步，水缸就神奇的出現。」

「八十五磅吊在腿中間，能走路嗎？」

「美國的新聞的確不能信。」

梳鬍子的男人收起梳子：

「只希望到時台上的魔術師不是個鴉片鬼。」

戴高帽的立刻接話：

「斜躺在中國床上抽鴉片煙，說不定煙桿內飄出阿拉丁神燈內的精靈。」

兩個男人各自以不同音階笑了幾聲，沒關係，很快他們將得到證明，喝完咖啡進場，剛好趕上布幕緩緩拉起。

先登台的是金陵福的美國經紀人摩瑟，他一手捏領結，一手背在腰後，咳了幾聲嗽，場內逐漸安靜。

「女士先生，偉大的中國魔術師金陵福大師今天第一次公開在倫敦表演，先讓我——」

話沒說完，舞台正中腰間繫大鼓的大漢已擂起鼓槌咚咚咚一陣猛擊，兩旁各滾出三名持藤牌與紅纓大刀的中國漢子，他們弓腰縮身，幾乎和圓形的藤牌連成一體，滾動中不時閃出刀光與金屬碰撞的清脆聲。

眾人來不及看清他們的動作，六名中國刀客已躍身捉對廝殺，摩瑟站在中間縮起身子四處閃躲。

沒人在意摩瑟的窘態，六面藤牌六把刀熱鬧的吸引所有目光。幾個回合後，怒吼與飛躍，他們在半空擦身而過，轉眼間回到舞台兩側站得筆直。

當掌聲響起的同時，笑聲也爆開，因為注意力回到摩瑟，他身上那套西服已被割得如勉強黏在內衣的碎布條。

笑聲來得急，去得也快，所有嘴巴張著卻發不出聲，因為四名身著中國宮廷服裝的女孩頭頂繡花大帽子，腳踏傳說中的酒杯鞋，搖呀搖的登場，扭動的手腕從竹籃內撒出五彩碎花。

「這位是金陵福大師的女兒，齊朵公主。」摩瑟喊著，「她穿的是中國女性貴族的服飾，如各位所知，金陵福先生曾在中國女皇面前表演，他的女兒被女皇視為義女，賜封公主。」

齊朵走在最後，她刻意擺動身軀，黑底大花的帽子顫顫微微，令人為她細白的脖子捏把冷汗。

「請留意公主頭頂的不是帽子，是滿洲大拉翅的頭飾；腳上穿的不是酒杯鞋，是花盆底，非滿洲貴族、宮廷內的皇室，或皇太后敕封的女性，絕不能做如此打扮。」

無論男人、女人目不轉睛望著宮女身後踩在花瓣間每走一步都搖曳生風的纖細中國公主。

倫敦觀眾出名的粗暴，一個男聲吼出：

「小腳，讓我們看看中國小腳。」

顯然不少人對小腳感興趣，好幾個男人也吼：

「小腳，小腳。」

摩瑟僵住，倒是眨眼間，前面三名宮女憑空挺腰翻身讓至後方舞台，留下齊朵公主轉身面對所有觀眾，她彎腰拱手行禮，腰身才打直，整個人騰空躍起轉個圈連踢好幾腿，然後平穩落在她麵團也似的花盆底上。

「齊朵是公主，滿洲女人不纏足……」

摩瑟的話未講完已被驚叫聲壓過，因為公主隨即往地板一躺，以背部為圓心，球般旋起嬌小身體，頭頂的大拉翅上下擺動，隨時可能掉落。

驚叫聲中，第一名刀客朝公主射出刀子，卻見公主不慌不忙以左腳將刀踢高，隨即第二名刀客也擲出刀，公主再伸右腳踢起刀。

兩把刀輪流落下，公主總能精準的踢中不傷人的刀柄，但第三柄和第四柄同時飛來，兩腳速度加快，四把刀被踢得上下翻騰，隨時一個閃失，刀若躲開腳，必然筆直落進公主體內。

公主不急，她沒給刀子任何機會，不過第五把與第六把也來了，公主再也雍容不得，她加快滾動的速度，一腳不落空的繼續踢飛每一把落下的刀子。

後排觀眾早站起身，他們等待公主中刀？等著看公主怎麼解除六把刀的威脅？公主蹬出一腳，第一把刀踢回第一名刀客手中，接著第二把、第三把，當齊朵公主踢中第六把時，身子也陀螺似轉了好幾個圈，而後曲成弓狀彈起身子。

聽全場的呼喊聲便知道齊朵公主已經征服場內所有的英國男女。

儘管幾年前中國巨大的鐵甲戰艦才被日本人打敗，中國人躺在床鋪抽鴉片的圖畫出現在英國每份報紙，此時場內的倫敦人卻對如此嬌小的齊朵公主讚嘆不已。正如之前美國報紙寫的：

「見過金陵福表演的美國男人，沒有不愛上齊朵公主的。」

齊朵邊喘氣邊拍胸脯向觀眾行禮，看她紅通通的臉孔、嘴角旁的笑容，誰能不愛公主？

這正是第二天某份報紙的標題：

誰能不愛中國公主？

倫敦人不清楚北京皇宮內究竟有多少公主，至少此時倫敦便有兩位。

公主剛下場，不知什麼時候梳大辮子、戴瓜皮帽、一身長袍的瘦長中國男人已站在台上，他向觀眾拱手握拳行禮，並挽起袖子夾在肩頭，說時遲那時快，兩條枯乾的臂膀往後一兜，再出來時已各執一枚銀色金屬環。這環大，比其他魔術師用的大了些，與火車的車輪相當，他怎麼將偌大的銀環藏在身後？

舉起環，對敲發出銀鈴般的聲音，漢子隨即輪流將兩枚環往上扔。幾次重複單調的動作，陡然加快速度，手中的環串住落下的環。

分開環，恢復往上擲環，又再一變，兩枚環竟在空中串住。

許多人見過中國環的魔術，但第一次見到環在空中旋轉時被串進另一枚環之中。觀眾來不及喊好，環落回漢子手裡，耍了兩下，順勢將銀環套住左右藤牌刀客脖子，在刀客舉刀砍環之前，磁場效力般咻地收了回去。兩枚環在他手中互擊，發出由高而低的長串清脆餘音。他投環上扔，眼看環要落到地面，細長如鷹爪的手指快速接住，如搓開撲克牌，拇指各朝左右一搓，兩手居然各有兩枚環，合計四枚了。

掌聲之中，金陵福兩眼一瞪，依序將環往空中扔，一、二、三、四，環又落下，他接住第一枚，用這枚去接第二枚，細微的鏘聲中，第二、三、四枚環全被第一枚串住，他一手捏著第一枚環，一手握起第四枚環，輕輕朝兩邊展開。

沒人眨眼睛，他們眼睜睜見到原本串在第一枚環裡的第二枚、第三枚都被拉平，而且總數不再是四枚，八枚環「U」字形垂在身前。

動作沒有停止，抖抖兩臂，八枚環瞬間分開，緊接著人往上竄，銀環一枚跟著一枚筆直朝上飛，只見金陵福半空中伸出左手，抓往一枚環，並迅速鏘鏘鏘鏘接住其他七枚環，身子才落定，八枚環已又串在一起。金陵福兩手一攏，再拉開時，八枚環變成四枚，又一攏，這回拉開僅剩兩枚。朝上一扔，明明兩枚串在一起的銀環，落下時已脫開，他手裡恢復最初的各一枚環。

有名的中國環！

全場瘋狂的鼓掌，不過仍有個給酒精醺得沙啞的嗓子喊：

「環上有暗釦，他沒讓觀眾先檢查。」

不待摩瑟翻譯，漢子一臉笑容將兩枚環伸到坐第一排的紳士前，紳士起初有些不好意思，在周圍鼓譟中，他仔細摸銀環的邊緣，沒摸到暗扣。他舉起銀環遞回舞台，沒想到漢子才接到手，兩環一併，竟然只剩下一個環。

這回沒人再提出質疑，剩下震耳的掌聲。

「發明中國環的偉大金陵福先生。」摩瑟喊。

金陵福將銀環往空中一扔，向觀眾鞠躬時，落下的是五顏六色的花瓣。他再接過一支火把，張嘴吸進煙與火，驚呼之中，他胸脯變大，有如吸入大量的煙和火。他憋住氣，一秒秒過去，當所有人的心幾乎懸到口腔，金陵福張開嘴，大口吐出的煙霧當中還冒著火舌。

不僅如此，他伸手探入嘴內，拉出一條綵帶。單手拉，兩手扯，助手上前幫忙往外揪，到底他肚內裝了多少綵帶？有人喊：

「一哩長的綵帶。」

沒錯，金陵福另一個絕活，在美國曾經供現場觀眾量過長度，整整一哩長。

鑼鼓再響，六名藤牌刀客滾進場中央，幾次交鋒，動作不再整齊，變成各自對打，刀刀砍出風聲，藤牌後面閃現猙獰的臉孔，刀子削掉半片藤牌，一名刀客被踢得跌下舞台。

作戲，或者——難道殺得亂了性子？

一聲怒嚎，發生意外，其中一把刀劃過對面刀客的脖子，鮮血像從杯內灑出，半空舞出圓弧直奔台下。前排觀眾來不及發出呼叫，來不及遮臉，甚至來不及看清飛來的血滴，不知怎麼地，鮮血成了花瓣，軟綿綿落進紳士、淑女們的衣領與帽尖。

當金陵福退場休息，台下依然喊聲不斷：

「中國環真的是金陵福發明的嗎？」

「大缸飛水，為什麼沒表演大缸飛水？」

「他們兩人在中國到底誰比較出名？」

「叫他表演空手接子彈。」

布幕已放下，劇場經理笑臉迎來：

「滿座，記者在休息室等著金大師。」

也許沒聽見或者聽不懂，金陵福甩甩長袖，兩手往腰後一背，快步走進後台。語言不通，他從不與洋記者打交道，那是摩瑟的工作。

道具與服裝塞得到處都是，齊朵公主已換上另一套江湖練把式的勁裝，宮女口銜金簪熟練的為她梳出根大長辮子。金陵福伸手捏捏豎領旁細窄的肩膀，公主從鏡內回了微笑，這時只有金陵福看得出她藏在脂粉後面的憂心眼神。

「沒事，既然一路找到英國，不賣力怎能把人逼出頭，妳不必擔心。」

金陵福轉身拉長臉問摩瑟：

「什麼時候去見見這位程連蘇？」

「剛到倫敦，這麼急？」

「遲早。」

扔下摩瑟，金陵福已步出後台。

一九〇四年的冬天，北方的寒風提早來臨，呼呼呼的風聲颳得人心發顫，路人紛紛屈著身子躲進樓旁，一名紳士一手抓牢頭上的帽子，一手用盡氣力挽住路燈桿勉強穩住身子。

劇場後門打開，金陵福未加外衣，戴上倒扣湯碗似的小黑帽，瘦長的人影登上守候在門外的馬車，馬蹄踩著石塊路面穿過泥濘街道彎進對面漆黑的小巷。

射穿公主　The Living Target

同一個晚上，相距不遠的倫敦跑馬地劇場早已滿座，連兩邊走道也站滿觀眾。劇場門口掛出大幅海報，中央寫著英文：

CHUNG LING SOO, MARVELLOUS CHINESE CONJURER

兩邊則是中國字：

程連蘇，大演法術

一九〇四年的十二月二十六日，聖誕節的第二天，觀眾在澳洲兄弟表演的接酒瓶雜耍、俄羅斯劍士舞於碎紙間未曾讓任何一片紙落地之後，等到了主角。

身穿中式戰袍的程連蘇面對倫敦跑馬地劇場爆滿的觀眾，一如往日般一語不發整理手中的弓箭，他拉拉弦、摸摸箭尾的羽毛，甚至沒看嫋嫋從後台走上舞台的水仙一眼。

水仙公主，她帶給男人另種滿足的幻想，嬌小的個子裹在繡滿花朵的右開襟中式女衫內，頭上纏塊花布，右耳處別朵淡紅的山茶花，口哨聲與叫聲從每個角落湧向舞台。

關於水仙的身高早討論許久，大部分人同意她不到五呎，甚至不到四呎八吋，不過身材卻如此均勻，絕非匈牙利馬戲團的侏儒或土耳其的釘人。無論擠在後台出口高喊水仙的大學生，或是送花送巧克力糖的紳士，倫敦男人從沒見過舞台下的水仙。據說中國書裡記載古代有個能在皇帝掌心中跳舞的美女，水仙有如從古書走進倫敦的傳說。

連女人也愛水仙，每回當程連蘇用刀、劍、繩玩起近乎折磨水仙的表演時，她們恨不能奔上台搶救嬌小的中國女孩。

微微朝台下鞠躬致意，水仙輕移兩隻繡花鞋來到靶前約兩步的地方丁字步立定不動。背後是畫紅色靶心的大片木板，她右手抽出襟口的手絹往靶心比了比，表示她和靶站在同一直線上，左手朝腰間一插。

程連蘇站在另一頭，與水仙中間隔著層薄薄的紙，但見他分開兩腳，面對觀眾，頭朝左扭，一支綁了白色細繩的箭於他兩指間平穩的搭上弦。程連蘇頭往後甩，手臂粗細的辮子畫出弧形的在他脖子間繞了兩圈，柔順的垂搭於頸後。

女性觀眾先發出驚呼，隔著薄紙與水仙，程連蘇的箭指向鮮紅的靶心，這樣豈不先射中水仙？

三名觀眾依序上台，他們摸觸箭頭，檢查立於中間的薄紙，戴長手套的女子趁身體遮住其他人視線，狠狠捏了程連蘇俊秀的臉孔一把。

弓箭是真的、薄紙是真的，水仙更是真的。

舞台前樂池傳出沉重鼓點，十多名樂手停止動作，只有打赤膊的鼓手咚咚咚一槌一槌擊向他面前的大鼓。

前排興奮的男人站起身瞪大眼盯著似乎不知自己即將成為程連蘇箭靶的水仙，女人有的低頭，有的以摺扇掩住雙眼，她們幾乎看不下去，卻捨不得不看。

射箭表演以不同的形式出現在舞台許多次，較常表演的戲碼是威廉．泰爾射蘋果，比的是技術。羅賓漢的故事也吸引人，是戲劇。用在魔術，只要一不當心，箭頭可能傷人，因此魔術師不太喜歡將弓箭帶上舞台。

一旦上台，程連蘇的表演總牢牢抓住每名觀眾的心跳。

鼓聲伴隨程連蘇放慢的動作，他舉弓朝上，再緩緩落至與肩同一水平的位置。面無表情的射手、垂在地板的細繩、隨風鼓動的薄紙、持手絹的手插在腰間的東方洋娃娃般女人、愈來愈快的鼓點。

全場的驚呼聲中，程連蘇的箭筆直射出，穿透紙、穿透水仙的鳳仙裝，甚至箭尾捲起的風掀動鳳仙裝下襬的一角，而後不偏不倚射中靶心。

幾秒後零星的掌聲響起，上千隻眼睛前，大家看見箭尾的白繩的確穿過水仙，連結在仍於靶心中央抖動的箭尾上。水仙沒倒下，笑容可掬的站著。

程連蘇上前牽住水仙的手走到舞台前緣，他抓緊白繩，兩手交替逐漸拉直繩子，一名助理解開靶中央箭尾打的結，說時遲那時快，程連蘇使勁一拉，白繩已反向離開箭靶上的箭，穿過水仙的身體，落在程連蘇的手裡。

不見血，水仙好端端的露出酒窩。

劇場的屋頂瓦片發出顫抖，路過的馬車因馬受驚而不得不拉緊韁繩。程連蘇從不讓人失望。

水仙由右至左在程連蘇懷中打了個轉，而後朝觀眾行禮，以小碎步倒退著下台。

程連蘇於鞠躬後也跟著退回後台，完全未顯示任何情緒。他再次輕鬆征服所有的觀眾，沒有一個魔術師能如此毫無破綻完成「射穿公主」的戲法，即使「偉大的赫曼」也辦不到。

沒空喘息，全身黑棉襖、棉褲的中國女人將槍遞去，程連蘇看向女人，對方點點頭，程連蘇接過手槍，抓起戰袍裙襬大喊一聲大步回到舞台。

的確是把老式單發填裝的真槍，從第一排正中央的觀眾往旁傳，經過五隻手與十隻眼睛的檢視，槍回到程連蘇手中。助理珍妮以帶美國腔調的英語向台下徵求寶石，任何形式的。

有人伸起手，她的中指閃映煤油燈的光線，好大一顆藍寶石，怎捨得交給程連蘇表演？

珍妮取下戒台上的寶石，謹慎的擺在程連蘇掌中。

兩隻指頭夾著寶石舉在眼前，所有人都看清楚，它可能原本屬於伊斯坦堡的蘇丹、印度的大君？

程連蘇慢條斯理將寶石收進小布袋放在他面前的中式圓几上，出人意料的，不知何時程連蘇手中多了柄槌子，他舉槌過頂用力擊向寶石。不只一次，程連蘇瘋狂的槌打寶石，要不是珍妮拉住他，寶石可能被敲成粉末。

日本天皇、阿拉伯的哈里發，無論當初誰擁有，寶石已然毀了。

布袋內倒出幾顆被敲碎的不規則形狀寶石，程連蘇挑選一枚大小適合的填入他手中的槍，而槍瞄準的——什麼時候水仙被綁在舞台另一頭的柱子上。水仙拚命扭動身子想從繩圈間解套，可是程連蘇一如過去沒給她機會。

舉起槍，瞄準，發射。

火藥的白煙罩住水仙，水仙從煙裡跳出，她嘴中銜的是一朵玫瑰。

藍寶石呢？

珍妮代表所有觀眾問程連蘇：

「台下那位女士的藍寶石呢？」

程連蘇沒開口，他在表演時從未說過一句話，他是中國人，不懂英語的中國人。他指指坐在第二排中間的那名女士，女士左看右看，程連蘇指她是什麼意思？

伸直右手。

女士懂了，她抬開右手，衣袖滑落至大臂，一顆閃亮的大藍寶石仍在她中指的黃金戒台上。

女士不可置信的看著戒指，全場響起掌聲與笑聲。

不過程連蘇卻像另有重要事情，快步穿越後台工作人員衝回他的休息室，水仙公主跟在身後進屋幫程連蘇解開領口的釦子，尖著嗓子問：

「法蘭克回來沒有？」

守在門後的助手搖搖頭。

「怎麼還沒回來？他的表演不是比我們早半小時開始？去看看。」

助手才轉身，穿黑色大衣戴黑氈帽的男人衝進來，程連蘇受驚似地從椅子裡彈起身，水仙已喊：

「怎麼樣？」

男人脫了大衣取下帽子，是個壯碩的東方人，原本盤在頭頂的大辮子隨帽子落至腰間。他講流利的英語：

「中國環，金陵福今天表演的是中國環。」

中國環？全美國，全歐洲，哪個魔術師不會玩中國環？程連蘇鬆口氣倒入椅內，水仙捧水湊到他嘴邊。

法蘭克補上一句：

「他的中國環和其他人玩法不一樣，能空中接環，再由兩個變出八個，八個變回兩個、變回一個，然後消失。如我們預料的，他玩了一哩長的綵帶，不過把噴火和噴煙加在一起，觀眾看得高興。」

程連蘇看看門，水仙會意的挪步關上門，她問：

「沒水缸？」

「沒。」

「大缸飛水呢？」

「沒。」

程連蘇推開水仙再次送來的水杯，悶頭踩起步子。水仙懂，她嬌著嗓子喊：

「改戲碼！叫錄事員和小青進來。」

是的，就這天，世紀初最偉大的兩位中國魔術師在倫敦相隔幾條街對陣，嗅得出飄至場外的火藥味。

劇場旁的酒館燈火通明，興奮的觀眾出了劇場即進酒館，這話題有得談了：究竟哪個中國魔術師的本事比較大？

顯然很多觀眾同意程連蘇射中水仙的那箭驚悚，過去從未見過。有些人則對金陵福玩的中國環讚不絕口，誰沒見過套環的魔術，可是金陵福能玩到觀者眼花撩亂的地步。

酒館一角窩著《周日派送》的記者大約翰，他被稱為「大」，和六呎二吋的身高有關，和他在這行業的資歷也有關。從耳朵上取出一小截鉛筆，認真的在沾了油漬的紙上寫稿。

第一段，他寫：

中國來的金陵福雖然在美國享有盛名，今天見他的表演卻沒有令我心動之處，不論手法多麼不同，依然是中國環而已。至於一哩長的綵帶，不是獨創的魔術，印度魔術師早在十八世紀已經表演吞長劍。

金陵福仍有吸引人的地方，他表演中濃濃的中國風格。這是從程連蘇表演裡感覺不到的。

停下筆喝口啤酒，大約翰手裡的鉛筆尾端敲擊稿紙自言自語：

「CHUNG LING SOO，CHING LING FOO，中國人的名字都這麼類似，這麼拗口？找個中國人問問。」

大約翰離開酒館時顯然已頗有酒意，碰撞七個人，擠歪兩個人，當然不會有人抱怨，誰都是大約翰的讀者，被他撞一下就撞一下吧。

走進飄著如雪如煤灰的街道，大約翰抓緊大衣領口，他認識一個中國人，說不定能解開中國名字的困惑。

沒搭車，踩著泥雪橫過幾條街，查令十字路的店鋪早已關門，大約翰搖搖擺擺穿入其中一條巷子，他來過幾次，認識的中國老人姓Choo，又一個「oo」，開東方雜貨店，從中國皇帝吃的燕窩、泰國國王最愛的鱷魚眼珠，到日本武士刀、南美洲亞馬遜流域古老部落的縮水人頭，幾乎什麼都有。

不明白小店裡頭怎麼裝得下這許多貨物。

起初他扭了手臂，同事介紹找Mr. Choo。留兩撇稀疏鬍子的乾瘦中國老人並未拿刀放血，而是將六根細長的銀針插進他肩膀。當晚手臂能活動，連續插三天針之後痊癒。問插針到底發揮什麼作用？老人一個勁地笑，笑得露出少了左半邊牙的牙床。

「約翰先生，你來，付我錢，必須相信我；你不來，針和你的錢沒一點關係。其他的不用問，我很忙，沒有耐心解釋。」

去年底和幾個魔術師聊天，原來邱先生拿手的是製作魔術道具，幫羅馬尼亞柯契博士設計的《卓九勒的刀》在業界大受好評。舞台上綁了五、六名打扮成鄂圖曼土耳其的士兵，柯契博士則拉起飄揚的披風登台，用刀子測試幾樣水果證明刀刃的鋒利，而後誇張的砍斷士兵的喉嚨，鮮血噴得他滿臉。

有時留下最後一名士兵，濺滿血漬的卓九勒張開嘴，露出老虎似的虎牙，對準士兵脖子咬下。

魔術表演的關鍵在割脖子的刀，柯契的助理不久被另一個魔術師挖走，私下說出秘密，砍人的刀子切水果時是直的，砍人頭時則變成軟的，看起來像割開士兵的脖子，其實只是畫過，順帶將紅墨水染上脖子。

刀柄藏了按鍵，按下刀即變軟，滲出預藏在刀內的紅墨水。

邱先生的脾氣古怪，不輕易幫人製作道具。魔術師不願找他另有一個理由，他的店內僅櫃檯一盞很微弱的煤油燈，燈心因氣流而前後左右擺動，忽明忽暗，映在牆上一串縮水人頭，顯得陰森詭異。況且從早到晚屋子散發股說不出的怪味，初去的人常因而噁心嘔吐。

「屍體的味道。」有人這麼說。

「縮水人頭的腐敗、腐蝕，裡面長了蛆，所發出的味道。」

大約翰覺得是邱先生不洗澡產生的人體異味，他不在意店裡的氣味，無論外面怎麼說，邱先生治好他的手臂是千真萬確的事實。

兜了幾個圈子，終於見到窄巷內昏暗的紅燈籠，大約翰正要上前，店門打開，一個瘦高男子往相反方向離去，登上等在巷口的馬車。大約翰見到那人身後擺動的大辮子。

傑克的魔豆　Jack and the Beanstalk

第二天輪到程連蘇先開場。原本沒什麼，三個月前和劇場簽下的約，誰料得到金陵福也來到倫敦，搞得程連蘇不能不一早進劇場後台調度布景和人員，忙得沒停過。

幾個月前他不是死在中國的拳匪之亂嗎？

美國傳來的消息，一九〇〇年爆發的拳匪之亂，金陵福停下所有的表演，專程趕回中國立即加入拳匪。美國來的胡迪尼言之鑿鑿，金陵福的師父便是報紙上畫的拳匪頭子紅燈照。

八國聯軍打入北京，不久簽下停戰條約，中國政府同意懲處帶頭的鬧事分子，紅燈照被砍下腦袋。

報上刊出照片，中國劊子手拿的是刀，細長的刀而非斧頭，居然能將人的頭顱切下。頭躺在地面，兩眼仰望天空。

如果紅燈照被砍頭，金陵福怎麼沒被處刑？

來就來吧，程連蘇可以不理會金陵福，倫敦的報紙不會。

來了四年多，程連蘇已了解倫敦的報紙，記者對新來的魔術師總是比較有興趣，他絕不能讓金陵福占上風。

魔術師之間有種不成文的同業約束，不公開魔術的秘密、不議論對方的表演，要較量只能在各自舞台上使出手段，交由觀眾評比。

報紙對金陵福的報導比較多，程連蘇讀到摩瑟說齊朵是公主，金陵福曾獲得中國女皇親封的貴族封號。稍稍體味這幾行字，等於指責水仙不是真的公主，他，程連蘇，在中國比金陵福低一等。

該不該玩個消遣拳匪的戲碼，看看金陵福的反應？

幾乎花一個晚上重新排演新的魔術，他的助理珍妮曾私下對倫敦記者說，程連蘇相信上個世紀法國魔術師羅勃特．郝定的名言：

魔術師是由演員扮演魔術師的角色。

既然為演員，程連蘇非常在意劇本、場景、化妝、燈光，尤其配角的配合度。直到天亮，十幾名團員排練得人仰馬翻，乾脆不回旅館，躺在後台便睡。程連蘇卻非得回旅館不可，他需要充足的休息，再說每天護送水仙是他另一項重要的工作，不能讓任何人親近水仙。

他穿起洋人的服飾，貼了大鬍子，一手雨傘一手挽著水仙，從背影望去，宛若父女。

「不喜歡我新排的節目？」

「為什麼非向金陵福挑戰不可？倫敦這麼大，容得下兩個中國魔術師。」

「不管倫敦多大，有金陵福的地方，程連蘇就可能站不住腳。」

水仙沒回嘴，說歸說，她早習慣程連蘇鬥牛般的個性。

「隨便你。」

和胡迪尼的太太一起喝下午茶，提到魔術，她抿嘴笑著對水仙說：

「他們是永遠長不大的男孩，成天忙著找下個更好玩的遊戲。」

水仙悄悄的笑，長年和程連蘇相處，比男孩還男孩，想到新點子就翻箱倒櫃找工具施工，根本不能停下好好吃頓飯。

回到旅館，程連蘇既沒睡也沒吃飯，激動的情緒始終無法安定，終於和大名鼎鼎的金陵福對上了。

他在屋內踩步子，一圈又一圈，偶有新的想法，拉起睜不開眼的水仙詢問意見。穿上外衣，連早飯也顧不得，他上劇場開工。

倫敦只能有一個中國魔術師。

爆滿的觀眾面前，程連蘇一出場即引起哄堂大笑，因為他居然打扮成中國的孩童，上身僅繫條由脖子到肚子的六角形肚兜，配下身的白緊身褲。他左手搖撥浪鼓，右手握拳在台上連跑帶跳。

總算立定步子，助理珍妮請兩名觀眾上台，程連蘇張開右手掌接受檢查，裡面是枚青綠顏色的種子。

經過觀眾的認可，他將種子種入舞台中央的半個人高的陶缸內，小心加水，不時探頭進去看種子的情況。

期待種子當場長成樹嗎？

他每埋頭進缸一次，必引起台下的笑聲。

一點動靜也沒，程連蘇氣得從懷裡抓出大把種子朝缸內扔，扔完伸手向珍妮要，不管種子或水果，全扔進缸，眼看缸要滿了，還是不見動靜。他氣得一腳踹去，缸倒了，裡面空無一物。

失望的男童跌坐在地上哭，珍妮扶起缸安慰他，並把另一顆種子塞進程連蘇手中。這次程連蘇慎重的將種子埋進缸內，小心澆了點水，說也奇怪，沒多久綠色帶葉子的樹藤穿出陶缸不停的往上成長。

「傑克的魔豆！」台下響起喊聲。

程連蘇繼續朝藤、葉澆水，一轉眼功夫樹藤已長得看不見頂部。

甩下撥浪鼓，他兩手抓住藤試試牢不牢，朝觀眾做個鬼臉，程連蘇攀上彎曲的樹藤，三兩下功夫消失在頂端。

劇場內安靜得聽到某個觀眾嚥口水，然後上方有動靜，先是跑步的腳聲，令人驚得朝後倒的雷聲，再傳來帶著回音的喝斥與尖叫。所有人目不轉睛盯住消失在舞台上方天幕後的樹藤，見不到動靜。

場內鴉雀無聲，口水也不敢嚥，人人傾耳專注的聽來自天幕的腳步聲、怒吼聲，忽然樹藤一陣抖動，程連蘇神色慌張的滑下樹藤，落地時大家看見他懷裡有隻鵝，難道是下金蛋的鵝？

程連蘇搶過珍妮腳前的斧頭，毫不言語揮斧用力砍藤，嘩啦，藤往下落，他跳腳躲開藤。

成功了，傑克的確攀上樹藤偷回鵝，可是鵝會下金蛋嗎？

他捧起鵝左看右看，倒過來看，鵝不耐煩，呱呱叫掙扎的想逃出程連蘇的掌握。

程連蘇伸出手向觀眾展示，他摸出一枚金蛋藏進肚兜，還有第二枚、第三枚，摸出第十枚金蛋後，鵝才掙脫控制半奔半飛滿舞台亂竄，兩名大漢跟在後面追，直到鵝被趕進後台。

今晚的魔術特別，一再引起笑聲，同時所有人看得清，程連蘇上半身僅肚兜，褲身緊綳，沒有藏金蛋的地方，鵝又是活的，不可能先塞十枚金蛋進牠的羽毛，金蛋從何而來？

程連蘇掏出十枚金蛋鞠躬要回後台，觀眾喊住他：

「真的金蛋嗎？」

勉強騰出一隻手將蛋往嘴裡送，咬不動。他更用力咬，蛋仍無動靜。不料身子不穩，擠落一枚蛋，碎成兩半，蛋殼內冒出小鵝，茫然不知所措像喝醉酒團團轉。程連蘇彎身抓小鵝，身子一側，懷中的其他蛋紛紛落地，一下子滿舞台全是脫殼而出的小鵝，後台的工作人員擁上台抓小鵝，頓時鬧成一團。

程連蘇令人耳目一新的表演，以往創造驚訝，今晚他創造笑聲。

今晚的觀眾笑得忘了挑剔鵝生下的怎麼不是金蛋，沒有空思考程連蘇發明的《傑克的魔豆》與其他魔術師表演的《印度繩》是否有關聯？

小鵝被工作人員一一抱下場，令觀眾不解的，程連蘇也玩起中國環。一個環，程連蘇仍小男孩模樣，高興的追趕滾動中的銀環。稍一眨眼，程連蘇兩手各轉一枚銀環，兩枚滾的方向不太一樣，忙得追上一枚推一把，再追另一枚，設法不讓任何一枚環倒地躺下。他焦急的追，努力維持銀環的滾動，觀眾情緒隨著升高，因為滾著滾著，銀環變成四枚，他忙不過來了。

頭頂梳兩個沖天炮，小女童打扮的水仙上場幫忙，也追到處亂滾的銀環。不過加了水仙，兩人仍忙得團團轉，不知不覺銀環變成八枚。程連蘇停下腳步抓住一個銀環橫著接其他的銀環，鏘鏘聲節奏的響起，其他七枚全串進第一枚。水仙鬆口氣，程連蘇則得意揚揚向台下展示他手中的銀環。

珍妮領五位觀眾上台檢查銀環，一反常態，程連蘇拒絕檢查，他用力一抖手中那枚銀環，其他七枚同時落下，又往不同方向滾動。輪到珍妮與觀眾追銀環，兩人滑倒、兩人相撞，台上台下盡是笑聲。好不容易每人抓住一枚，喘著氣用手撫摸銀環想找到暗釦，沒人找到。

程連蘇得意了，上前用他的銀環套走其他人手中的銀環，珍妮上前搶，程連蘇乾脆將銀環往空中扔，奇怪了，銀環又同時散開變成八枚往下落，程連蘇慌張的去接，這回他沒成功，銀環紛紛落地。

失敗的魔術？

不，程連蘇從不讓他的觀眾失望，他拾起地面的銀環，一枚、兩枚——更奇怪的事發生，明明他收起兩枚，手裡為何只有一枚，而且當他拾起全部八枚時，手中依然僅有一枚。

掌聲如雷的響起，程連蘇再次成功，他玩了報上宣傳是金陵福發明的中國環，他照樣空中接環，玩得比金陵福更有趣也更精采。

串場的幾名助手表演前空翻、後空翻，倫敦人熟悉的輪船汽笛聲響起，一口寫著「上海」的箱子由手腕粗的麻繩從天幕裡垂到舞台，程連蘇打開箱蓋，向四周瞧瞧，連續眨眼，食指在嘴唇中央要求觀眾別出聲，他鑽進箱子，拉上箱蓋。箱子被拉升進天幕內。

當「上海」的箱子才消失，另一口箱子從另一邊垂下，寫著「紐約」。箱蓋慢慢朝上抬起露出一條縫，見到兩顆明亮的眼珠。蓋子再往上開，是程連蘇，他仍比著「噓」的手勢，輕手輕腳走出箱子，大家發現他換了衣服，不再是中國男童的肚兜，是三件頭的西服，他兩手一張一閉，打開時手中是圓頂紳士帽，戴上帽，他顯得得意，不過少了什麼，他到處找。

程連蘇敲自己的頭，仰起面孔張大他的嘴，一隻手伸進嘴，他做什麼。

從嘴拉出一小截黑色棍子，沒有停止，他繼續拉，拉呀拉，拉的是根紳士杖。拿著紳士杖，程連蘇跳了幾步，背後的布景換成都市街景，醒目的布魯克林大橋與摩天大樓。

觀眾目送程連蘇消失於後台，掌聲潮水般衝擊四周老舊的磚牆。兩位中國魔術師在倫敦交手，沒人贏，沒人輸，不過倫敦觀眾顯然更信賴早來幾年的程連蘇。

一頭汗水回到後台，程連蘇將銀環交給蹲在角落的中國女人——從表演開始到結束她始終坐在樓梯口，對台前的一切都面無表情。看她纖細的背影可能才二十多歲，當程連蘇走近拍她的肩膀時，才見得到箍在後腦梳得平順的黑髮夾著幾根刺眼的白髮。

她接下銀環，無所謂的聳聳肩。

「執意和金陵福拚個高下？」

程連蘇深呼吸吐出大氣，貼在女人耳邊說了幾句話，女人掩嘴直笑。

陪著繃緊臉皮的水仙，珍妮故作輕鬆的問：

「小青，你們聊什麼？」

程連蘇向小青眨眨左眼，小青則起身離開，扔下一句話：

「程連蘇說，不管金陵福多強，先到倫敦的是程連蘇。」

當小青從珍妮與水仙身旁經過，走進被道具塞滿的窄道時，所有人，不分男女，包括水仙，一律讓出路。

從程連蘇以「最偉大的中國魔術師」的稱號到倫敦演出時，小青才加入劇團。她不和任何團員說話，始終獨來獨往，可是大家清楚她是程連蘇的心腹，連最寶貴的表演《空手接子彈》的魔術槍也由小青保管。

小青是禁忌，程連蘇的秘密都在她管理的十幾口標識中文的大木箱內，誰也碰不得。法蘭克對珍妮解釋過，圓圈的中國字是「秘」，神秘的秘，秘密的秘，打開的鑰匙繫在小青腰間。

團員偶爾見到小青背後來自水仙的仇恨眼神，偶爾聽見水仙在程連蘇化妝間內的叫聲。從不問一男二女間的是非，他們不在意小青，不能不畏懼水仙。

隱藏得很深的仇恨，沒人見過水仙和小青說過一句話，每天在狹窄的後台照面十幾次從不打招呼，她根本當小青不存在。

誰也搞不清楚小青的身分，只看得出不少戲碼出自程連蘇與小青聯手的設計，新戲碼登場的日子，小青必定在後台處理大小細節，每樣道具由她一再檢查，不容其他人插手，甚至水仙。

而小青，這個冬天她總穿中式束腳踝的黑棉褲與中式白襯衫，一字扣從腹部到領口扣得緊實，出外才添上寬大的黑棉襖。她不住程連蘇下榻的旅館，不住劇場，不知如何聯絡她，而該出現的時候她自會出現。

進劇場、表演結束下舞台，程連蘇找的第一個人便是小青，水仙曾對珍妮抱怨：

「叫中國老女人上台演公主好了。」

銀環收進寫著中國字「秘」的大木箱，風雪穿門捲進後台，小青轉身退開，讓路給渾身抖出飛揚雪花闖進來的男子。

「金陵福今天表演哪幾套？」

水仙攔上去問法蘭克。

他解開外套，撣出一屋的雪水。

「傑克的魔豆。」

「不可能？再說一次。」

「傑克的魔豆。」

「和程連蘇一樣的傑克的魔豆？」

「有點一樣，也有點不一樣。」法蘭克為不確定怎麼措詞而結巴。

珍妮送上水，法蘭克灌下一大口，喘過氣。

「不一樣。」

水仙不以為然的問：

「怎麼不一樣？」

「他把傑克殺了！」

血腥傑克與魔豆　Bloody Jack and the beanstalk

誰也沒料到金陵福捨下東方式的玄秘戲法，表演起西洋的《傑克與魔豆》，當然更沒人見過這樣的傑克與這樣的魔豆。

一如前晚，在連串中國式的雜耍之後，燈光轉暗再轉亮，瘦高的金陵福已站在舞台中央，照樣是瓜皮帽和灰長袍。他伸出左手掌，十多名觀眾緊張的上台依序經過金陵福，檢查他掌中的小小褐色種子。

近看，金陵福雖掛著一臉微笑，沒來由的使觀眾害怕得不敢正視他。

是兩顆黑得發亮的眼珠子使大家緊張。幾乎沒眼白，老鷹的眼睛。上台的兩名女性後來跟同伴說，她們根本沒仔細看金陵福掌中的是不是種子，因為還沒走過去，鷹眼已經盯住她們，明明劇場內溫度很高，但渾身不知打哪兒冒出涼到骨子裡的寒意。

總之，比指甲蓋更小的一顆東西，無論是不是種子，藏不進秘密。

全場靜得能聽到老鼠打呵欠的聲音，花盆平穩的放在中空的四腳架上，齊朵公主勁裝上場，鑼鼓點中快速翻了幾個滾，手與腳不時伸進花架，證明花盆與舞台之間沒有暗藏機關的空間。

金陵福平穩的伸直手臂將掌中的種子送進花盆，澆水的同時，他吐出聽來像中文的咒語，然後奇蹟發生，盆裡長出樹藤，扭曲幾下，毫不停留的往舞台頂部鑽。

許多人以前看過類似的魔術，長出樹藤不令人驚奇，金陵福陰暗、專注，帶點恐怖的表情，倒是令他們揪住情緒，期待接下來發生的事。

金陵福朝後台招出一個中國男童，他後腦的辮子只有豬尾巴似的一小撮，兩手大臂各箍一枚金環，光著大半個頭赤腳往樹藤上一攀，回頭向觀眾揮揮手，身體幾次伸縮已消失在看不見的樹藤盡頭。

所有目光隨金陵福手指之處仰起，男童會從巨人那兒帶回什麼？故事裡生金蛋的鵝？

突起的叫聲和重力敲擊地板的聲音驚醒每個人，樹藤不知怎地搖晃得很厲害，兩名刀客神色緊張手持大刀奔至藤下，金陵福伸手阻止他們想攀樹藤的企圖。

忽然聽到男童慘叫聲，有物體落下——不是落下，被扔下，在舞台彈跳了會兒停在煤油燈照射最強烈的前緣……

手，一截斷掉帶血的蒼白手臂上，金環閃閃發光。
又有東西落下，另一截手臂；腿，另一條腿……
巨人踩在劇場屋頂？震得樹藤晃動更凶，震得觀眾心驚膽跳。
前排女人發出尖叫。
金陵福搶過刀客手中的刀，他瘋狂的砍樹藤，一刀再一刀，樹藤癱下，除了枝葉還有其他東西也落下，圓圓的，拖著血漬滾動幾下。
人頭？
腦後那撮小辮子，男童的人頭，張得大大的眼睛，嘴角與脖子淌著血。
左邊包廂內一名中年婦女已大叫的暈厥，斜著躺進隔壁觀眾懷裡。
金陵福眼冒凶光，握住刀的手朝上方漫無目標的揮舞幾下，屋頂的震動停止。他扔下刀，撲到男童人頭前，捧起人頭，抱住人頭，用衣袖心疼的擦拭人頭上的鮮血，他垂頭喃喃自語。
齊朵公主從後台衝出拉金陵福，但被金陵福推開，公主與兩名刀客神情黯然看著悲傷的金陵福。
他跪著將男童的人頭擱在舞台中央，拖沉重的腳步撿回手臂、腿。他將屍體拼得完整，刀客送上一塊中國朝廷用的黃底繡青龍綢布，金陵福抖開布，蓋住男童的屍體。

他兩手併攏朝天禮拜，當觀眾來不及思考接下來會發生什麼事時，金陵福右手使力唰地拉開布，屍體消失嗎？

是男童，金陵福伸手拉起男童，兩人牽手走到觀眾面前一起鞠躬。

劇場陷於掌聲、口哨聲之中，唯獨兩名觀眾既未起身，更沒鼓掌。站在後排的東方男子急著擠出人群，坐中間的大個子則在筆記本上不知寫些什麼。

大約翰停下筆回頭看入口處，沒見到他等的賣咖啡男童，倒是看見程連蘇魔術團表演赤腳登刀山的法蘭克面色凝重的快步奔出戲院。

摩瑟登台，大聲宣布接下來金陵福表演中國傳統的魔術：《空中釣魚》。

大約翰收起筆記本，他滿意的以鉛筆尾端敲敲手背，故事足夠他寫了。

注意力回到舞台，金陵福握著細竹做的釣竿，從齊朵手中接過餌，以拇指與食指搓呀搓的穿進魚鉤。

《空中釣魚》，大約翰至少看過四次，金陵福的或許和別人的表演方式不同。

金陵福擺動魚竿，魚線隨竿頭轉動，愈轉愈快，轉得所有人幾乎頭昏時，竿子的魚線與餌朝前方一甩，幾乎甩進最後面買站票的人堆。魚線飛快的回收，釣上尾映著燈光閃現鱗片七彩顏色的巴掌大小的魚。

手掌托住仍跳動的魚，他耐心的解開魚鉤，身子一扭，舞台上什麼時候多了口大缸？

他將魚放進裝滿水的魚缸，觀眾代表上台檢視魚的真假。金陵福殷勤的捧起彈跳的魚，果然是活魚。

表演尚未結束，金陵福再甩出竿子，這回釣到的是隻蟹。第三次金陵福放慢動作，魚鉤幾乎畫過每個人的眼前，依然說不出原因的，釣上了蝦子。活的蟹與蝦，牠們揙動大夾子、抖動分岔的尾巴，金陵福仍將蟹與蝦放入水缸，觀眾能見到牠們在水中游動與掙扎。

掌聲不斷，很多人為金陵福純熟的空中釣魚手法拍手，另外某些躲在觀眾裡的同行看出金陵福不聲不響秀出他著名的《大缸飛水》。

大約翰當然看出苗頭，他忍不住站起身喊叫：

「大缸飛水嗎？」

金陵福聽到聲音，不過不懂英語，朝後台招手，摩瑟邊擦汗邊走到前台，手放在耳邊，五排座位外，大約翰喊：

「沒看清楚，請金陵福再表演一次大缸飛水。」

當然是很不禮貌的行為，魔術師在舞台上，同一套戲法只演一次，避免被人看穿其中的手法，但大約翰不甘心放過《大缸飛水》，他和摩瑟一樣抹汗，外面風雪正烈的夜晚，劇場內卻熱得如火爐上噗噗冒蒸氣的水壺。

摩瑟對金陵福解釋大約翰提出的要求，本以為壞脾氣出名的金陵福拂袖下台，沒想到他點頭了。

舉起瓜皮帽，向台下行個禮，助手已將本來在舞台正中的魚缸移至左前方，空出位置，也就是說，金陵福要變出另一個裝滿水的大缸。

站在畫著北京宮殿的景片前，金陵福從袖中抽出大絲巾，上下擺動以證明絲巾裡面沒藏任何東西，不過擺動太多次吧，絲巾脫手落至地面，他彎腰從中央部位拉起絲巾，驚訝聲四起，絲巾下面居然是個和之前相同的大缸。金陵福伸手進缸掬起一捧水灑在臉孔。

來不及鼓掌，絲巾又落下，他很快拾起，缸仍在，只是多了一條魚、一隻蟹與一隻蝦。

原來的缸呢？金陵福上前一腳踢翻，空的，沒水沒魚沒蝦。

魔術仍未結束，金陵福將絲巾往空中扔，落下時罩住水缸，他重新拾起絲巾，水缸內沒有魚蝦，出現的竟然是齊朵公主。她身上一滴水也沒有，乾的齊朵。

不得了，劇場再次可能於掌聲當中爆裂。

大約翰守在後台門口，摩瑟臉色不太好的出來見他：

「你剛才很不禮貌。」

「金陵福為什麼刻意隱藏大缸飛水？不是他拿手的魔術嗎？能不能採訪他，面對面，一個小時。」

「金陵福不懂英語，一向不接受採訪，你應該能體諒。」

「我請翻譯，用中文採訪。」

「不行——」

摩瑟再次拒絕，大約翰打斷他的話：

「外傳他師父因為拳匪事件被砍了頭，他也參加拳匪了嗎？」

摩瑟不說話，冷冷看著大約翰掙紅的臉。

大約翰揮揮手中的舊報紙：

「你看，他的師父紅燈照的人頭——」

摩瑟已然關上木門。

採訪不到金陵福，大約翰策畫好的故事將少一半。他懊惱的回到劇場門口招馬車，不該問拳匪的事，看樣子搞火了摩瑟。

賣咖啡的小傢伙這時才出現，他東一抹、西一撮的煤灰臉龐露著笑容：

「程連蘇表演的是傑克的魔豆。」

大約翰楞住，一樣的傑克的魔豆？

「程連蘇先變出很快長高的樹藤，自己爬上樹藤偷了巨人的鵝，生下十個蛋，蛋破了，跑出十隻小鵝。」

大約翰掏出幾便士塞進男孩口袋內。

「好好看，先生，我隨時為您服務。」

男孩笑著跳著消失在雪中。

雪快停，大約翰得找個地方重新整理思緒。事情如他所設想的，兩名中國魔術師碰在一起必有火花，但沒料到這麼快，金陵福以相同的戲碼向程連蘇挑釁，或是程連蘇向金陵福挑戰？

同樣的傑克的魔豆，大約翰隱隱感覺兩邊之間似乎有間諜，不然不可能這麼巧的表演幾乎一模一樣的戲碼。金陵福的拿手魔術是空中釣魚、大缸飛水。程連蘇拿手的是射穿公主、空中美女。他們以前都不曾表演過傑克的魔豆！

就著劇場瀉出的燈光，大約翰翻皮包內的資料，一大本金陵福在美國表演的剪報，果然沒有《傑克的魔豆》。

程連蘇表演中國環不奇怪，凡魔術師沒有不會的，可是在金陵福表演過的第二天程連蘇照樣表演，擺明是向金陵福傳達挑戰的訊息。金陵福可能拿到程連蘇今晚的戲碼，也表演傑克的魔豆，這不僅是挑戰，根本要程連蘇好看。他們兩人間有過節嗎？

劇場的燈光全熄，大約翰跑過大街鑽進對面巷內的酒館，酒保送來杯口蓋片麵包的啤酒，他咬下一大口麵包，再喝掉大半杯酒。

資料未顯示程連蘇是否在美國表演過，資料裡的程連蘇彷彿平空從魔術師帽子裡鑽出的兔子，來英國之前，全無資料。一九〇〇年程連蘇在倫敦演出第一場從此走紅，找不到他在其他國家表演的紀錄，難道他從中國直接到倫敦，沒去過別的地方？

金陵福最早出現在一八九八年密西西比博覽會，以「神奇的東方魔術」為宣傳，他的第一場表演即轟動，報上大幅報導他的《大缸飛水》，金陵福在舞台上平空變出一口缸，再從缸內揪出一根辮子與辮子下的男童。

其他較特別的還有《撕紙》，由觀眾提供一張寫了字的紙，他撕破後扔進大碗內，重新拿出時已恢復原狀，提供者證實紙上的確是他寫的字。

博覽會結束，他領著中國助手組成的劇團在美國各地巡迴表演，到處受到歡迎。大約翰留意到，《撕紙》改成《燒紙》，將觀眾提供的紙當場撕碎再點火燒成灰，所有的灰屑收進碗內，當他蓋上絲巾再掀起絲巾，紙已回復原狀。

同樣的魔術變了手法，說明金陵福逐漸適應美國市場，表演更趨豐富。

一八九九年金陵福聘請美國的經紀人，由經紀人安排所有的演出，各地爭相邀請。奇怪的是一九〇〇年金陵福拋下劇組去中國，三個月後才返回。

全美巡迴一周，金陵福賺到不少錢，報上有他與齊朵公主共乘一輛汽車的照片。一九〇三年底換經紀人為摩瑟，再經過一系列演出，簽約來倫敦。

大約翰發現資料裡少了倫敦之前金陵福的動向，應該去過歐陸其他國家才到英國，尤其法國是魔術師戰場，難道他畏懼挑戰？

沒有！他沒去巴黎、羅馬、維也納、布達佩斯，直接從美國到倫敦。

他表演的帝國劇場並不算大，事先也未見太多的宣傳，不像其他歐洲魔術師先在歐陸巡迴一圈再到倫敦或美國。

金陵福與程連蘇，好題材，大約翰決定撰寫兩名中國魔術師的故事，尤其金陵福，他是中國的宮廷御用魔術師，中國小皇帝和女皇般的皇太后喜歡魔術？

得去找邱先生，他既是倫敦少見的中國人，也是道具製作師，一定了解福或蘇，透過他應該能找到故事。

劇場門打開，嚇了大約翰一跳，觀眾拉緊外套陸續步出，天冷，腳步不穩，大約翰鞋底一滑不小心撞到人，趕緊低頭道歉。

撞掉一頂英國工人習慣戴的皮帽，大約翰撿起帽交給撞到的人，不是英國人，是個矮小的中國女人，全身黑色衣褲。她接下帽子即戴上，向大約翰笑笑，轉身快步走進雪地。

大約翰視線沒離開過，她笑的剎那，見到映在雪光反射裡的白色臉孔，一顆痣或斑也沒有的白淨。

其他觀眾湧進街道，大約翰努力尋找卻再也看不到中國女人的背影。

神秘的橘子　The Mysterious Orange

明明大白天，難得的陽光反射在戶外凍成冰的地面，刺得大約翰不時眨眼，進到室內，卻昏暗得如同深夜，僅賴堆滿雜物的櫃檯上方微弱火苗的油燈。他敲過門，喊了好幾聲 Mr. Choo，仍見不到人。

櫃檯下冒出隻兔子──兔子皮做成的帽子。兔子嘴巴下是個會動的縮水人頭，臉孔恐怕沒大約翰的拳頭大，布滿皺紋和稀疏的鬍子。

兔子的大耳朵擺動幾下：

「歡迎光臨，喝茶嗎？」

邱先生的個子出奇矮小，得使力往上蹬才坐進高腳椅子內。在見到金陵福之前，大約翰只認識三個中國人，程連蘇不高，舞台上的水仙更矮，邱先生則矮到難以想像的地步，只怕頂多到大約翰的腰部。

看著眼前的邱先生，大約翰覺得面對架在站籠上的拳匪腦袋。連續幾年英國報紙想盡辦法購買中國政府和聯軍處決拳匪的照片，最能賣錢的莫過於中國式的站籠，歐洲從未見過不用刀斧繩索卻能處決人犯的刑法，沒有驚悚的支解屍塊。

站籠上的人頭舔舔嘴唇上的鬍子，露出兔子般的長卻黃的門牙：

「西藏來的藥草茶，祝你身體健康。」

難怪店內瀰漫一股嗆人的氣味。

「來問金陵福的事嗎？」

「你怎麼知道。」

一壺冒蒸氣的茶被提到檯面，邱先生從寬大的衣袖內拿出兩個小杯子，用烏黑的衣角抹抹：

「金陵福進城了，不是嗎？」

大約翰喝口茶，不是茶，是草藥，苦得他差點吐在對面的兔皮帽上。

「別浪費，中國人說良藥苦口。」邱先生不滿的搶過杯子，「你們洋人看似個子大，體內虛得很，再喝一杯。」

沒有選擇，大約翰勉強再灌下黑不見底的茶。

「想問什麼？金陵福的空中釣魚？一鎊。」

大約翰摸出幾先令勉強湊成一鎊，剛放在檯上立刻被不知哪裡冒出的手刷進衣袖內。

「嘿嘿嘿，銀貨兩訖。你乾脆，我直接，關鍵在餌，紙做的餌，捏成一小團掛進魚鉤，魚桿甩出去，紙團隨風膨脹，因為先告訴你他釣的是魚，你就以為彈在空氣裡變大的紙團是魚。等魚鉤回到金陵福手裡，把紙團藏進袖子，從另一個袖子摸出魚往缸內一放，魚游呀游，你付錢入場，魔術師負責塞你滿腦袋的疑問回家。」

「啊，沒想到是紙團。」

「約翰先生，中國人說戲法人人會變，巧妙不同而已。」

「人人會變？」

「不是普通的紙團，一個一鎊。」

「你有？」

「我開雜貨店，魔術用品當然算雜貨。沒看到門口的牌子，包君滿意，客人提出的要求，我都做得到。再喝口茶？」

「大缸飛水呢？」

「不賣。」

「為什麼？」

「空中釣魚中國人玩了幾百年，不是了不起的秘密，賣給你無所謂。大缸飛水是金陵福發明的，不能賣。」

「還能賣什麼？」

「約翰先生呀，我們做道具的講究信用，百分之九十九不能賣，你運氣好，空中釣魚是最後的百分之一，可以賣。既然你非要買，我有魔術撲克牌？變出兔子的魔術師大帽子？」

說著，小老人往桌上摸出五顆蘋果。

「其中四個是真的蘋果，一個是魔術師的，認得出來嗎？」

大約翰的頭伸到蘋果前，全長得一樣，哪個是假的？

兔子門牙已啃起其中一顆蘋果。

「五個都是真的。你看，魔術師靠的便是預先設定的題目勾引觀眾的注意力，金陵福玩這招，能玩到手掌出油的地步，滑呀。」

「金陵福在中國很有名嗎？」

老人的臉再擠成一團，擠出似笑似哭但應該偏向笑的表情。

「金陵福？跟你說不明白，中國人稱魔術為幻術，有些戲法的歷史長達千年，玄喲。」

「幻術？」
老人沒有回答的意思。
「我見金陵福來過你店裡。」
「老朋友，到倫敦當然得先找我拜碼頭。」
「所以你了解金陵福？」
老人右手五根雞爪子似的指頭在桌面依序敲出聲音。大約翰懂，又要錢。
再喝一口茶，慢慢喝，入口雖苦，進喉嚨後倒是透著點甘甜味。
「了解？誰能了解誰？他有事問我而已。」老人沒見到錢，不耐煩的回答。
「為什麼今天晚上金陵福也表演《傑克的魔豆》？」
「約翰先生，你是老記者，找程連蘇劇場內的員工一問不就知道了。」
「所以金陵福存心向程連蘇挑戰？」
「金陵福的事，程連蘇的事，全不關你的事。」
「其實我想問的不只是金陵福。」
「那來找我做什麼？」
「也想問程連蘇。」
老人不再說話，他的頭縮回櫃檯下，再出現時手中包了個藥包。

「約翰先生，你眼皮浮腫、瞳孔混濁、講話的口氣帶著泥味，回去用三杯水煮這包藥草，煮得只剩一碗，喝下睡覺。醒來神清氣爽，臉皮嫩得像水仙公主。」

「不肯說程連蘇的事？」

「這包藥不收錢，客人的健康是我們的財源。」

「這麼神秘？」

「去問胡迪尼。」

「美國魔術師，表演逃生術的胡迪尼？」

老人當沒聽見，自顧自撥起算盤，故意撥得很吵，口中還念念有詞。

大約翰摸口袋，摸出兩張看魔術留下的票根，沒錢了。無法問下去，才推開門要走，身後響起邱先生的聲音：

「不買魚餌啊，附贈釣竿？只收你五先令，老客人，可以掛帳。」

中國魔術師的戰爭成為倫敦熱門的話題，英國進入西藏和喇嘛簽下的《拉薩條約》已是沒人關心的舊聞，此刻大家只在意今天晚上程連蘇和金陵福玩什麼新鮮的魔術。

程連蘇一如以往，不帶表情的出場，助理放平圓柱形一個人高的空心大罩子，裡面當然什麼也沒有。豎直罩子，程連蘇閉起雙眼兩手合十，往兩側拉開時，掌中冒出淡淡煙霧。罩子往上升，裡面仍是空的。
珍妮焦急的上前推醒程連蘇，台上既有中空的罩子，當然是為了變點東西出來，罩子升了，卻什麼也沒出現。
程連蘇急著轉身看罩子，他鑽到罩子下檢查，不料此時懸在半空的罩子落下恰好罩住他。沒人聽得懂罩子內的程連蘇喊什麼。罩子再升起，程連蘇不見了，裡面居然是正在換衣服的水仙。水仙摀著身子尖叫，罩子砰的一聲及時落下。
觀眾大笑，雖然他們沒看到赤裸的水仙，可是光水仙抓衣服遮身體的模樣，夠他們笑的了。
罩子馬上又升起，水仙消失，一臉迷惑的程連蘇站著發呆。他低頭朝前邁兩步，免得再被圓筒罩住，他又閉起雙眼雙手合十。罩子落下又升起，什麼也沒——不，地面有衣物。程連蘇在笑聲中慌亂的回頭撿起衣服，中國女人的紅色內衣，程連蘇急得往懷裡塞。
觀眾更樂，水仙的內衣怎能不讓他們樂。
罩子落下再升起，這回出現的是棵橘子樹，季節不對，枝葉間見不到果實。
珍妮步下舞台，向觀眾索取自願提供表演的物品。看來之前被敲碎的藍寶石仍讓人心驚，珍妮只拿到冷掉的熟蛋、凍得像石頭的麵包、軍服上的釦子。全場笑聲不斷。

幸好有位紳士提供了他的表，銀殼的懷表。

程連蘇接受蛋、釦子和表，他咬麵包一口，裝出牙痛的表情拒絕了麵包。場內的氣氛因為麵包的攪局而更形熱鬧，程連蘇一再向提供麵包的男人鞠躬道歉。

轉眼間，手帕罩住放了三樣東西的手掌，手帕拿起，剩下空無一物的手掌。

憑程連蘇的本領，小技巧而已，不過大家還是跟著笑，因為這時他身後的圓罩落下再升起，橘子樹還在，說也奇怪，竟已結滿金澄澄的橘子。

水仙踩著小步摘下幾顆橘子往台下扔，幾百隻手伸到台前搶。剝開的橘子散出新鮮的香氣，是真的橘子。一月初的大冷天，屋頂積滿雪的倫敦跑馬地劇場怎麼可能出現新鮮現摘的橘子？

程連蘇也摘下三顆橘子，剝開第一個，果然是橘子。再剝第二個，仍是橘子。程連蘇對橘子樹喃喃自語，像是和樹溝通。總算第三個剝出觀眾提供的蛋，第四個，釦子，第五個，歡呼聲中剝出銀殼懷表。

沒什麼好說的，程連蘇證明他表演多次的橘子樹仍能吸引全場的觀眾。

大約翰在筆記本寫了幾行字，他猜得出程連蘇摘的橘子是蠟做的殼，釦子、蛋和表早藏在裡面，提供這些物品的觀眾更是早安排好的。魔術最吸引人的是橘子，猜想新鮮的橘子可能由剛從地中海抵達倫敦港的貨船送來，可是猜不出怎能這麼迅速在圓筒狀的罩子內變換人與樹。

未再繼續看下去，他急著趕到另一個劇場，胡迪尼今晚也表演，約好結束後在後台見面。

胡迪尼的魔術吸引另一批觀眾，在兩名中國魔術師轟動倫敦的當下，他不得不一再嘗試更困難的魔術。三名觀眾以繩子將他捆在椅子內，捆得只剩頭露在外面，觀眾擠到舞台邊緣看他這回怎麼脫逃。

胡迪尼抖動身子，愈抖愈厲害，一不小心椅子翻倒，就在大家大笑時，胡迪尼掙脫出一隻手，然後整個身子。

仔細檢查繩子，沒有刀子切斷的痕跡，打的幾個死結仍在，也就是說，胡迪尼的確用某種特殊的方法擺脫了繩子的束縛。

大約翰始終看不穿胡迪尼的秘密，只知道他和椅子摔倒的那刻，必定趁觀眾大笑分散注意力，用了某種方法。外面傳說他從小練習手臂脫臼，所以能做出常人難以想像的動作，更有人說他學會土耳其人的縮骨功，一縮，繩子便鬆了。

胡迪尼在更衣室見大約翰，忙著以一根細鐵絲設法打開手中的大鎖。

「所有的記者都在中國魔術師的劇場，你怎麼找我？」

大約翰指指大鎖：

「新的戲碼？」

卡的一聲，胡迪尼舉起打開的鎖。

「下個月。」

「怎麼表演？」

胡迪尼伸長脖子看看室內各個角落，有如搜查老鼠或蟑螂。

「全身綁五條鐵鍊，加上五個大鎖，吊起我的腳，倒垂進玻璃水箱。在水裡我得打開鎖，掙脫鐵鍊。」

「你能閉氣多久？」

胡迪尼笑著兩手輪流投接大鎖：

「進了水箱才知道。」

大約翰跟著笑。

「現在不能寫，下個月新戲碼排好我再約你。」

「戲名呢？」

「你有好點子嗎？」

「淹死的胡迪尼。」

胡迪尼大笑。

「不錯，想買票看胡迪尼淹死的一定比看胡迪尼脫逃的人多。為什麼找我？」胡迪尼捶了大約翰一拳，「天氣這麼冷，你不會為了看我的鎖跑這一趟。」

「程連蘇。」

「他怎樣了？」

「找不到過去他的經歷，聽說你跟他熟？」

胡迪尼瞇起細長的眼睛笑，他作勢將鎖掛在嘴前，咔嚓，用力鎖上大鎖。

轉到帝國劇場，早已散場，後台的小門陸續走出金陵福劇團的人員，摩瑟在其中，大約翰上前打招呼：

「真不能和福先生聊幾句嗎？」

「金先生，不是福先生，中國人的姓在前面。」

大約翰擺擺他的兩隻大手掌：

「好吧，金先生。」

「他不懂英文，何況他不知道怎麼和記者溝通。」

「用寫的，你交給他。」

「約翰，何必為難我們。」

說著話，齊朵公主包得像個球似的走出小門，後面是高大的金陵福，他依然穿舞台上的長袍與瓜皮帽。

見到摩瑟和大約翰，金陵福停下腳步，摩瑟不得不介紹大約翰。金陵福未上前握手，他冷冷盯著大約翰說了一句中文。

「他說什麼？」

摩瑟尷尬的搖頭，金陵福再大喊一句。

摩瑟看看金陵福，回頭再看看大約翰。

「金先生說什麼？」

金陵福扶著齊朵公主上馬車，劇場後巷只剩摩瑟和大約翰，金陵福從車內探出頭催促摩瑟。

「他到底說什麼？」

摩瑟兩隻戴著厚手套的手用力搧打兩頰：

「中國人，都是神經病。」

「不，他說的絕不是這句。」

「他說，程連蘇不是中國人。」

當大約翰不及反應時，摩瑟已跳上馬車車門下的踏腳板，車子往前行，摩瑟一手抓車門，一手揮在路燈照射的雪地。

半身的女狀元　The Lady in Half

劇場出奇的熱鬧，來了稀客，戴瓜皮帽、個子瘦高的金陵福大師在美國經紀人摩瑟陪同下坐進第一排中央的位置。

全場安靜的看著略略駝背的金陵福，當他才坐下，身後傳來細碎的議論聲音。金陵福居然來看程連蘇的表演，他們以前在中國熟識？金陵福可能上台與程連蘇同台表演嗎？

後台則陷入罕見的寂靜，法蘭克揭開布幕一角偷看，確定坐在第一排的是金陵福，急著向程連蘇回報。至於程連蘇，一如過去獨自待在化妝室內為演出安定情緒。

法蘭克先進去，接著水仙，沒多久法蘭克焦急的喊叫中國女人，直到演出前，法蘭克召集團員，要大家如平常的表演，然後程連蘇甩著長袖快步出場。

主戲碼沒有改變，布幕拉起，所有人的目光被中央鞦韆上的女人嚇住，她穿白領深色衣服，臉罩在黑面紗後，而且只有上半身。沒錯，即使趴到舞台邊也看不到女人的下半身。她高雅的輕輕搖晃鞦韆，由左到右，由右到左，沒人見到她的下半身。

珍妮向大家介紹這位是中國著名的女狀元，太平天國發生內訌，女狀元被反對派處以腰斬的酷刑，沒想到她沒死，有些人搶救出她的上半身由英國商船運離中國。從此她便以半個身子活了四十年。

女狀元年紀已近六十，堅持以面紗登場，她的英文很好，歡迎觀眾提出問題。程連蘇顯得悠閒，不時變出水果、飲料請半個身子的女狀元，說也奇怪，即使喝下一杯水，她懸空的腰部並未流出任何液體。

觀眾提出許多問題，女狀元以不很純熟的英語一一回答，有人問她沒有腳怎麼走路，女狀元搖動鞦韆：

「鞦韆，像飛行。」

接著問題愈來愈尖銳：

「砍掉的下半身呢？妳覺得它仍生活在地球某個地方嗎？」

女狀元仍然輕聲回答：

「我對它只剩下懷念。」

「妳怎麼上廁所？」一個揮著酒瓶的男人站起身拉開嗓門問。

響起的笑聲立刻被她伸手進面紗拭淚的動作在空中活活掐斷。

對令人尊敬的女狀元，提出了非常不紳士的問題。

大約翰的心思擺在金陵福的表情，雖然位子的角度不好，但他能看見金陵福動也不動的側面。

見過會吹薩克斯風的機器人、上發條後會唱歌的半身女人，大約翰倒是第一次見到活生生的半身女人。顯然金陵福看得出其中玄妙，否則他不會如此氣定神閒。

不過當女狀元盪鞦韆面紗稍微揚起時，金陵福忽然站起身，摩瑟拉他坐下。

金陵福看到什麼？

表演結束於程連蘇一刀砍下助手的下半身，所有驚訝的目光中，中國式寬管褲內的助手半截身體居然走到女狀元前，兩者合一的退出舞台。

掌聲中，程連蘇向觀眾行禮致意，意外的，他特別向金陵福鞠了一躬。鞠躬的動作特別，彎腰九十度，隨即仰頭使他的大辮子轉了一圈落於手中，頗有挑釁的味道。

下一個魔術程連蘇常表演，水仙提一口長嘴瓶上場，她邊走邊向觀眾揮手中的絲巾，立刻引來口哨聲。

程連蘇看看瓶口，向後台招手，粗壯的法蘭克敞著胸膛登場，雙手捧起瓶子就喝，水滲至他的衣襟與胸口。喝完後，他瓶口朝下，落下幾滴水，看來水被他喝光，瓶子空了。

面對空瓶施法，瓶子抖動幾下，冒出一小塊布，程連蘇抓住布頭往外抽，是面英國國旗，跟著出現其他國家的國旗一面接一面，水仙接住在舞台拉出一長排萬國國旗。忽然旗子在瓶內卡住，程連蘇用力拉，拉得瓶子幾乎倒地，終於他拉出了——

全場一片鬨笑，義和拳鬧事時德國報紙刊登的漫畫，一再被英國報紙轉載，梳辮子拳匪高舉兩個大拳頭面對聯軍的幾門火炮。

程連蘇撕下義和拳的漫畫交給水仙，後者挪動小碎步下台，弓腰送給動也不動的金陵福。

摩瑟一臉不高興接下布片，往袋內一塞。

場內有掌聲和議論的聲音。

接著由法蘭克表演赤腳登刀山，程連蘇吹飛薄紙片，當紙落在刀鋒，即耗盡氣力般無聲無息變成兩半。走在如此鋒利的刀刃，法蘭克上去、下來，兩腳完好如初。他意猶未盡，拉觀眾上台檢查梯子的每片刀子，證明不假，他背起裡面坐著水仙的竹籃再一階階踩著刀山往上。

場內寂靜無聲，緊張的目光集中在法蘭克的腳，他成功的爬到最上面一級，水仙伸手摘黃底青龍旗一時失去平衡差點掉出竹籃，法蘭克露出痛苦表情向前傾斜穩住籃子。

場內只聽得到法蘭克沉重的呼吸，終於揮舞旗子的水仙成功落地，法蘭克舉起他的腳，不見刀痕血滴。

水仙向觀眾行禮時，法蘭克抽出刀山中的一把刀，怒吼聲中砍向一旁的木板，俐落的切成兩半，再次證明他攀的刀山絕對刃刃要命。

程連蘇重新登場，四名助手推出斬首台，鋒利的刀子吊在上方，法蘭克兩手插腰站在刑具旁，程連蘇拉開機關，刀子快速落下，驚呼聲中將顆南瓜斬成兩半。

收拾了南瓜，另兩名打扮成中國士兵的助手架出穿拳匪服裝的犯人，法蘭克喊：

「拳匪殺死無辜的教士、教民，火燒教堂，理應斬首。」

所有人已情不自禁離位站起，他們喘著大氣看拳匪被押到斬首台下，法蘭克扯直拳匪的辮子使脖子恰好伸在挨斬的半圓形刑台中間，程連蘇摸摸拳匪的後頸，看看拉升回原位的刀子，他手握機關把柄，尖叫聲四起，刀子重重落下，血淋淋的人頭滾到法蘭克腳前，他舉腳一踢，程連蘇飛躍補一腳，人頭飛進後台。

所有人原本預期人頭最終裝回屍體，死者復活，可是人頭被踢出場了。

程連蘇撿起剛才斬下的半顆南瓜，走到刑台，左挪右移，竟把南瓜裝在沒有頭的屍體，他牽起拳匪的手，活了，有南瓜腦袋的拳匪活了。

當觀眾激動的鼓掌叫好，金陵福與摩瑟已起身離去，大約翰沒放棄機會，擠過人群到金陵福身邊，他大聲問：

「金大師看得出半身的女狀元是怎麼回事嗎？」

金陵福沒回頭，大約翰聽得見他說出一串中國話，摩瑟替他翻譯：

「假的，金陵福百分之百確定程連蘇是假中國人。」

金陵福大步走得快，大約翰緊緊追出劇場，金陵福上車，沒等摩瑟即駛遠。

「金大師今晚的心情不好？」

摩瑟看著漸漸消失在夜霧裡的車子：

「約翰，金陵福告訴你大消息，程連蘇是假的，我也告訴你另一個大消息，半身的女狀元也是假的，黑魔術。」

黑魔術？

摩瑟跳進另一輛馬車，留下錯愕的大約翰。

想轉回劇場，被人叫住。

「這裡。」

從側門露出半張臉的珍妮，她向大約翰招手，

「快。」

隨珍妮進入後台，台上仍忙著演出，大約翰想找剛才的半身女狀元，珍妮的扇子卻

擋在他眼前。

「金陵福跟你說什麼？」

「沒說什麼。」

珍妮惡狠狠盯他：

「程連蘇有話想透過你的報紙告訴讀者。」

大約翰忍住內心的興奮，急著問：

「他願意接受我的採訪？」

「不，他只有一句話：歡迎金陵福隨時來看表演，如果必要，可以將第一排中間的位置天天留給他。」

再被推出側門，大約翰覺得無趣，程連蘇和金陵福利用他打擊對方而已，不過無所謂，讀者愛看衝突性強的新聞。

到底舞台上的半身女狀元是誰？他決定躲在後台對面的巷內賭賭運氣，說不定女狀元被抬出來搭車返回旅館，他藉機好好觀察，回去找畫家畫幅漫畫配合他的文章刊登。

氣溫仍低，大約翰喚來賣咖啡的小童，喝熱咖啡，並且把腿貼著小炭爐取暖。沒多久便散場，今晚的觀眾仍陶醉在表演之中，相互談論不停。又等了半小時，程連蘇的團員陸續走出劇場，珍妮、法蘭克，講英語的助手。沒想到程連蘇打扮成英國紳士伴著水仙上馬車。

沒見到只剩上半身的女狀元，甚至除了珍妮與水仙之外，沒有其他女人。這是怎麼回事？

不管劇場門房的攔阻，大約翰闖進後口，剩下十幾口大木箱，沒有人。當他想在箱子間尋找，場內的燈全熄了。

意外的在艦隊街的酒館前遇到摩瑟和金陵福，後者依舊綳緊臉孔，前者緊閉著嘴。大約翰興奮得上前打招呼。

「兩位，散步嗎？」

金陵福第一次對大約翰露出牙齒，摩瑟倒是嚇了一跳。

「我請兩位喝杯啤酒？」

摩瑟看看金陵福不置可否的臉孔，比個「請」的手勢。

大約翰領頭步入酒館，冷風被關在門外，室內幾近客滿，人體的溫度暖和了小小的空間。

他們倚著吧檯，大約翰對酒保比了「三」：

「三杯啤酒。」

金陵福對周圍的環境顯得好奇，四處打量，摩瑟卻面色益發緊張。氣氛的確有些詭譎，酒館內不尋常的安靜，只有兩種眼神，一種盯著金陵福，一種刻意躲開金陵福。

為了緩和氣氛，大約翰刻意提高嗓子對酒保喊：

「湯姆，這位是連日來轟動倫敦的中國魔術師金陵福。」

酒保翻翻眼皮，送來兩杯啤酒，一杯在摩瑟面前，一杯送到大約翰手裡：

「約翰先生，天冷呀。」

沒有第三杯，大約翰覺得空氣往外抽，他的胸口愈來愈悶。

同時，他和摩瑟將啤酒杯移到金陵福前面，但高瘦的中國人看也沒看，一甩寬大的袖子便離開酒館。

摩瑟先跟出去，大約翰看了酒保一眼，沒人看他，不僅酒保，酒館內所有人沒一個看他。

雪地裡金陵福的步子快，雪花舞在風裡如迷路的棉絮，中國式布鞋踩出一個個腳印，很深的腳印。

這晚，大約翰有好幾條消息可寫，原本打算先寫兩個中國魔術師台上台下嗅得出火藥味的相遇，此刻卻想寫倫敦沒賣出的一杯啤酒。

原來世界分成兩部分，劇場內的，劇場外的；原來人類也分成兩種，喝到啤酒的，喝不到啤酒的；雪裡的心情分成兩種，憤怒的，懊惱的。

追上腳步慢的摩瑟，他沒問，摩瑟沒說，兩人跟在瘦高的長袍後方，沒有目標的焦急趕路。

魯班的木鳶　Lu Ban and His Flying Kite

金陵福沒被程連蘇的半身女狀元嚇到，沒因啤酒而攪動情緒，相反的，他的魔術一天比一天精采，倫敦市民現實的將話題從程連蘇轉向金陵福，連不屑魔術的人也忍不住想盡法子買到票。

沒人失望過，尤其前一晚的《魯班的木鳶》。

魔術師大多不碰動物，除了溫馴的兔子、鴿子、長期由人飼養的貓狗。每當有人問起，魔術師多這麼回答：

「動物？你要看動物？去馬戲團。」

動物不容易控制，不一定討得觀眾歡心，一不小心穿了幫，得不償失。

表演的開始不同於以往，舞台上除了一盞照著金陵福的燈之外，漆黑一片。他以極慢的速度抬起兩臂打起拳，動作集中於燈光照射的範圍，大約翰與其他觀眾不由得集中注意力隨著金陵福的舉手投足移動視線。

燈光轉亮，金陵福收拳吐氣，身旁多出一塊半個人大小的木頭，只見他憑空抓出一把鑿子，飛快的這裡鑿兩刀，那裡戳三刀，轉眼功夫便雕出狀如展翅的大鳥。金陵福攤開黃絲巾，抖動幾下後蓋住木頭鳥，兩手左翻右轉，收回絲巾的剎那，觀眾看到的木頭竟已栩栩如生如黑色的鳶。

捧起鳶，做了幾個投射木鳶的動作，所有人都看見木頭翅膀上下擺動。摩瑟於一旁說明：

「二千四百年前，耶穌誕生的五百年前，中國的木匠魯班雕出這樣的一隻鳶，現在金陵福大師重演魯班的戲法。」

金陵福做出投射的樣子，當所有人以為木鳶會脫手而飛，齊朵公主穿一身絲質的緊身衣走進舞台，金陵福牽齊朵跨坐至鳶背，他拿木鳶當木馬？

不，他對鳶頭吹幾口氣，忽然木鳶的翅膀動得更快，它扭動脖子，背負慌張的齊朵公主，木鳶飛了，輕巧的在舞台上方繞一圈，木鳶飛進看不見的天幕後面。

掌聲零落，不是表演不精采，而是很多人不相信這是魔術。直到金陵福從舞台左邊的大木箱內扶著齊朵公主的手走出，整場觀眾才醒轉的爆出如雷的掌聲。

大約翰在資料中找不到金陵福表演過木鳶的記載，問了好幾個魔術師，沒有得到滿意的答案。

東方雜貨店的邱先生一反過去，吹開兩片灰白的八字眉露出顆粒大小的眼珠子：
「現場有什麼不尋常的現象？」
不尋常？
「觀眾更激動而已。」
「再想想。」
「人人叫喊，呵出的熱氣像層淡淡的霧。」
「什麼氣味？」
「氣味？沒留意。」
「你說他先打了趟拳？」
「動作很慢的拳。」
「木鳶飛上天，你突然醒了？」
「表演得太吸引人。」
邱先生搖頭：
「小金搞過頭了，不是魔術，是幻術，集體催眠。」
大約翰不懂幻術。邱先生不肯再多講，低頭煮起茶，櫃檯下有個小爐子，既溫腳也方便煮茶。

「如果請你說金陵福的來歷，要多少錢？我跟報社商量。」

「約翰先生，我是生意人，不是乞丐。你看金陵福的故事值多少錢，我看你付的錢值不值得我說，你設法尊重我，我評估你的尊重，公平吧。」

喝了杯茶，趁身體有點溫度擠進公共馬車，大約翰一直思考幻術和魔術到底有什麼差別？幾年前流行在舞台地板安裝一排燈，讓觀眾看得更清楚的同時，其實產生混淆視線的效果。

另有種《佩柏的鬼》的戲法，利用地板的燈與大片玻璃將顏色不顯著的人影反射到舞台，隱約如同鬼魂現身，魔術師與影子對話，製造驚悚。和《降神會》類似，在昏暗的屋內，魔術師引領幾個求問的人，請來相關的鬼魂以熟悉的親人口氣與他們對話。

邱先生所說的幻術和《降神會》、《佩柏的鬼》手法相同嗎？

周日的報紙破紀錄的賣出一萬一千多份，印刷廠連夜趕印送火車發到愛丁堡、多佛等地。艦隊街的辦公室內，每個人見到大約翰一定拍手。報紙頭版除了金陵福和程連蘇的海報照片外，便是醒目的大標題：

SOO FOUGHT FOO，WHO FOOLS WHO

接一行小標題：

兩個中國魔術師在倫敦的戰爭

配的是大約翰形容，畫家畫出的劇場一景，站在舞台前的金陵福與台上甩辮子的程連蘇。

讀者反應激烈，編輯決定下周預留四頁的版面給大約翰，更深入的報導金陵福故事。

領了獎金與稿費坐進酒吧，幾乎人手一份《周日派送》搶著讀新鮮油墨味的故事，大約翰卻得傷腦筋思考五天後交稿的內容。繼續分析兩個魔術師的手法當然簡單，也符合讀者的期待，不過大約翰想寫點別的，已想好標題：

程連蘇不是中國人

他得意的拿鉛筆敲酒杯，非得弄清楚程連蘇是不是中國人，如果不是中國人，又是哪國人？

翻美國的報紙與魔術雜誌，根本從沒提過程連蘇的名字，連巴黎和維也納的報紙也從未出現過。能夠在倫敦劇場內長期表演，程連蘇必定有些來頭，否則劇場經理不會冒生意上的風險。

大約翰守在跑馬地劇場的後門兩個晚上，程連蘇和金陵福全是中國人的劇團不同，十六名團員之中，僅四個中國人，程連蘇、水仙、經常混進金陵福劇場打探情報的法蘭克，另外還有個穿中式棉襖走路速度奇快、戴紳士帽遮住大半張臉的女子。他們幾乎不單獨行動，對外全由法蘭克出面，每個人對程連蘇不是尊敬，看來更像懼怕。另一方面，十六個人習慣於照顧於彼此，每當大約翰接近程連蘇，必定有一兩名團員立即擋在中間。

令大約翰想不通的，如果程連蘇是中國人，同為中國人，程連蘇與金陵福間為何充滿敵意？

決定花錢從劇場外著手，擦鞋、賣報、賣咖啡的小童是最好的探子，大約翰交代，能弄到任何關於程連蘇劇團的秘密，都發錢。

大約翰的計畫是由鞋童纏著法蘭克要他擦鞋，報童見到程連蘇出劇場就跟蹤，無論見誰、到哪裡、吃什麼、喝什麼，從早到晚的行程全得報告。賣咖啡的小童趁排演時混進劇場，倫敦人都需要咖啡，即使中國人不喝，劇場工作的英國人得喝，記下劇團人員的對話，他們應該不會提防小童。

至於戴帽子的神秘女人，自己來。花時間守在劇場，見到那女人便跟蹤，設法約她聊天喝酒，說不定能問出點消息。

賣咖啡的小童混進劇場沒多久便被趕走，他說水仙買了咖啡，法蘭克見到很生氣，罵炭爐散發的毒氣會令場內所有人窒息，拎起小童衣領扔出後門。

水仙長什麼樣？

「和我一樣高，比我老。」

廢話，沒有成果。

「那個法蘭克會英語，他太太不是中國人，是美國人，大家叫她珍妮。」

也不是新聞。

「而且，」小童伸手要錢：「他太太叫他的名字不是法蘭克。」

得再找個中國人，大約翰聽主編杭特先生的建議去牛津試試，聽說近幾年大學收了幾位東方學生。

花了一整天時間，好不容易找到的是位看來像中國人，卻是日本來的留學生，大約翰氣餒得像沾水的棉花團。不過日本學生倒張著好大的嘴重複大約翰問他的名字：

「Kametaro？你確定？Kametaro不是中國人的名字，日本人的。」

他在紙上寫出三個圖畫般的漢字：龜太郎，並再念一次：

「Kametaro，先生，我以性命保證這是日本人的名字。」

棉花團彈起變成阿拉丁神燈裡的精靈，大約翰興奮的抓住日本學生的肩膀，原來法蘭克是日本人，解答了金陵福給他的謎語，所以程連蘇也是日本人？

回到倫敦，大約翰繼續守在劇場後門等散場後工作人員出來，法蘭克的確挽著美國妻子珍妮，大約翰隔街大喊：

「Kametaro。」

法蘭克果然扭頭看他。

大約翰忍不住手舞足踏，他找出程連蘇的真實身分，日本人。

高興只維持半天，報社同事在酒吧留了紙條，向日本公使館求證過，程連蘇不是日本人，不論程連蘇的真名是什麼，日本公使館十分確定沒有日本魔術師在倫敦，何況程連蘇已經在英國五年，不可能不向公使館報到。至於Kametaro，也不是日本人，歸化的美國人。

距離截稿只剩兩天，如果不能查出程連蘇真實身分，他得先寫金陵福，爭取再一個星期的調查時間。

程連蘇與金陵福的戰爭更形激烈，這晚程連蘇演出《砲彈飛人》。

小報童混進劇場躲在樓上包廂一角，他帶回令大約翰益發困惑的消息。主導魔術設計的當然是程連蘇，其他人靜靜等待指示而已，不過有位戴男人帽子的中國女人常和程連蘇意見相左。

「哪個中國女人？穿中式棉衣的還是水仙？」大約翰問。

「其他人叫她小青。」

小青？原來穿棉襖、走路快的女人叫小青。

報童的說法，法蘭克和幾名助手穿奇怪的中國衣服站在木籠裡，小青反對，她發脾氣踹倒木籠，撞到法蘭克的頭，珍妮很生氣，罵了幾句，小青扭頭走了。

水仙呢？

水仙坐在一旁，一句話也沒說過。報童比出用手帕輕輕沾鼻頭的水仙標準動作。

「法蘭克講的是英語嗎？」

「是啊，他講的英語很奇怪，我聽不太懂。」

吸引報童的是舞台上有槍有砲，法蘭克甚至填進火藥。可惜沒看到開炮，劇場經理把報童趕出去。

大約翰對小青好奇，既然不能接近程連蘇，何不和小青談談。

可以想像程連蘇擋不住金陵福的攻勢了，今天的報紙一面倒的推崇《魯班的木鳶》，雖然兩個劇場照樣客滿，程連蘇一定受不了被報紙冷落的感覺。他必須推陳出新換更吸引人的戲碼。

《砲彈飛人》不是多了不起的魔術，但涉及火藥的戲法，魔術師盡量避免，畢竟一點點差錯，可能引發不可收拾的後果。

劇場外貼出新戲碼《砲彈飛人》的海報，程連蘇打扮成戴盔披甲的滿洲將官，把水仙往砲口內塞，砲尾則是胸前寫個大漢字的士兵高舉火把，砲口正前方四名披頭散髮關在站籠內的拳匪。

海報帶來劇場票房前排隊的長龍，海報同時出現在報紙，光是全新的舞台設計就令人耳目一新。背景是中國式的牌樓，遠方有寶塔和中國的帆船。

英國人從未見過真實的站籠，原來拳匪雙手鎖在籠外，脖子卡在上方的木牌中間，兩腳只能以腳尖勉強踩在很細的短木樁上，直到腳再也負荷不住，一旦脫離木樁，全身重量自然落在脖子。

站籠的刑罰讓囚犯花更長的時間死亡，力氣消耗殆盡的累死。

中央的大炮被站籠搶去風采，看來程連蘇的選擇是對的。

他戴錐形的盔，著金漆的甲，腰懸鑲了寶石的中國劍登場。兩名士兵不理會水仙的苦苦哀求，抬起她硬塞進砲口。水仙一度伸出腦袋，被程連蘇按回去。

氣氛隨之緊張，炮口仰起，站籠內的拳匪發抖，程連蘇拔出劍，當他放平劍的一刻，士兵點燃引信，所有人仍聽得到炮管內水仙微弱的哀求聲音。

為了對付金陵福，程連蘇連水仙也出賣？

轟！炮聲震得整棟劇場搖晃，站籠碎得一地，拳匪倒地看似死亡，天花落下十幾年未清理過的灰，一個物體飛離砲口射進觀眾席後方——

不是水仙，是大氣球，飛到劇場天花爆裂成許多個小氣球，引起觀眾搶球的熱潮。

水仙呢？

左邊走道的煤氣燈亮起，水仙好端端站在燈下向觀眾行禮。

程連蘇用了砲彈、站籠、拳匪、水仙，辛苦擋住金陵福無從解釋、猜測的《魯班的木鳶》。

中國魔術師的戰爭天平逐漸往一邊下降，程連蘇慌得亂了手腳，倫敦人對此也似乎早有評斷。

艦隊街的記者俱樂部擠滿人，大約翰要杯酒坐在一旁聽其他記者的議論。不出所料，話題的重心集中在金陵福玩的是哪種魔術，騎木鳶未免太玄，其他魔術師也看不出名堂。玩紙牌可以用塗黑的細線拴住紙牌，魔術師憑空揮手，助手躲在暗處拉起其中一張紙牌，手法在於襯上黑色的布景使觀眾看不到線，可是那麼大的木鳶與背上的齊朵公主，即使用線拉至半空，也得相當粗的繩索才能，黑布景遮不住粗繩。

莫非金陵福玩的是某種他發明的特殊黑魔術？

《世界晚報》的賈斯汀仗著酒意找人打賭，他賭程連蘇不會被金陵福打倒，相隔兩年後，下個星期一定再次演出拿手的《空手接子彈》。

凡表演過《空手接子彈》的魔術師，事後都說他們從地獄邊緣走了一圈。一八六九年著名的亞當·艾斯本教授便死在舞台。填火藥時，他用魔法棒往槍口內壓實火藥，沒想到棒尖斷在裡面，當助手發射槍，艾斯本教授拿盤子接子彈時，其中一小塊棒尖的碎片射進他的額頭。

教授的當場斃命，使魔術師間形成特殊的默契，除非從高禮帽內變出兔子，否則不輕易使用魔法棒。

雖然槍枝並未因此成為魔術表演的禁忌物品，能不用最好不用，艾斯本教授的死是血淋淋的教訓。

更早之前，一八四〇年，偉大的亞諾．巴克照例請觀眾在槍中填入彈藥。十九世紀表演《空手接子彈》用的是空包彈，沒想到那名觀眾存心搗蛋，他塞進兩枚小釘子，由於表演的空間有限，近距離發射，巴克便死在觀眾開玩笑的釘子。

最令人心痛的意外則發生在一八二〇年德國皇家劇場，波蘭的魔術師迪林斯基與他美麗的妻子表演《空手接子彈》，由六名穿整齊士兵服裝的助手執行，子彈與槍枝經過現場觀眾的檢查，填進槍膛時，助手運用小小的技巧藏起子彈，因此射擊後照樣因火藥而產生巨響與彈霧，其實什麼也沒射出。

那天其中一名士兵失神，居然按照正規程序，填入火藥填入彈丸，沒以手法取回彈丸，一槍打中優雅的迪林斯基夫人，送住醫院更發現她已經懷孕。

母子均未獲救。

程連蘇敢再表演這套戲碼？

大約翰找個角落寫出他的稿子：

不論金陵福玩的是魔術還是幻術，顯然對程連蘇造成極大的壓力，如今所有人期待，程連蘇會在這個壓力下演出《空手接子彈》嗎？或是他有更新的戲法贏回被金陵福搶走的觀眾？

停下筆，想到胡迪尼的新戲法，倒垂進玻璃水箱，得在三至五分鐘內解開大鎖、鐵鍊和緊身束衣，一個地方出錯，胡迪尼極可能被淹死。

他再寫：

無可懷疑，最動人的魔術必然是魔術師將自己的生命擱在他的魔法棒上。

不能再喝酒，大約翰搭地下鐵回艦隊街，孤家寡人，平常他睡在報社的倉庫，年初天氣雖冷，幸好周圍全是報紙，足以擋住穿牆而過的冷風。杭特先生在他桌上留了好大個三明治和一瓶酒，紙條上寫著：

約翰，回家睡覺吧，你妻子再可怕，總不如我們的老闆吧。

大約翰對著窗戶寧靜、黑暗的街道自斟自酌。

如果仍寫兩個中國魔術師的戲法，和其他報紙有什麼不同？距截稿只一天，說什麼也得找出程連蘇或者金陵福的秘密。

當大約翰沉沉睡去，腦海裡不斷重複出現程連蘇與金陵福的臉孔，逐漸分不清誰是誰……誰按門鈴？

接近午夜，穿黑色大氅戴高帽子的人影站在門外，打開門發現人影後走出連頭帶身子裹在大衣內的女人，法蘭克與珍妮。

「你到處打聽程連蘇？」

大約翰示意請他們進屋談，珍妮凍僵的臉孔沒有表情：

「我們針對你提出的詢問在此聲明，程連蘇當然是中國魔術師，你該關心金陵福是不是拳匪。」

珍妮將一張照片交給大約翰，轉身與法蘭克消失在雪花之中。

縮回辦公室，照片模糊，可是看得出四個著黑衣、綁黑布頭巾，手持大刀的中國漢子，圍著中央一身長袍、瓜皮帽的高個子。

是金陵福，他和拳匪的合照。

一九〇〇前半年的國際新聞集中在中國的拳匪，報紙不時刊登教堂被燒、教友被殺的消息，尤其幾張傳教士與教友被殺後倒吊示眾的照片引起倫敦上下的反感。他現在手上有照片，得向摩瑟與金陵福求證，並設法從邱先生口中弄點故事。大約翰鬆口氣，下周的稿子有著落了。他已想好版面，周日一早上市的《周日派送》首頁標題，斗大的字：

金陵福是拳匪

標題下方正是金陵福與拳匪的合照。

大約翰回到他的睡夢裡，半身女狀元揭開她的面紗，是水仙的臉孔……

第二部

入壁術 Invisible Cloak

「照片挺有意思，你說誰給你的？」

「程連蘇劇團的珍妮。」

「金陵福罵程連蘇不是中國人，程連蘇說金陵福是拳匪。嘿，任他們繼續吵下去，約翰先生，你們的報紙又要賣光囉。」

「專程請教邱先生，金陵福的確是拳匪？」

為了使故事更豐富，大約翰決定找到更多的素材再下筆。

凝著層油垢的袖子往桌面一掃，十多張鈔票已然全進了邱先生的袖內，變魔術似的。

「程連蘇指金陵福是拳匪，對一半，他在拳匪堆裡混了幾天，算不上匪，倒可算個鬼，倒楣鬼。」豆粒般的眼珠子閃呀閃，「中國人個個恨洋人，中國人可非人人皆匪。你們洋人哪個看得起中國人，但我也不能罵你們洋人個個是鬼。」

當著客人的面，他竟掏起耳朵，掏左耳閉左眼，掏右耳閉右眼，彷彿掏著他的靈魂最癢的部位。

「不去問問金陵福？」

「摩瑟不肯回答。」

乾脆兩眼一起閉，邱先生掏耳掏得一臉幸福。

「找程連蘇的珍妮，她起的頭誣賴金陵福，她得收尾，把金陵福怎麼個匪法，講清楚。」

「她不願講，珍妮將同樣的照片給了三家報紙，叫我們自己查。」

耳掏停止動作。

「原來你不是獨家，可憐的約翰先生，三張報紙不能靠同樣的照片賣三次錢，誰會搶先刊登？」

「奇聞奇事，周五上市。」

「沒聽過。」他再閉起眼掏耳。「看樣子你非得寫些不一樣的東西才行。」

「對，所以麻煩邱先生了。」

「想知道什麼？」

「金陵福的大缸飛水。」

「嘖嘖嘖，說過不能賣別人的發明。這樣吧，我講講中國魔術，行吧？」

「想多知道金陵福的生平。」

「挖人的隱私？難怪，老天不會沒事朝我老邱頭頂撒英鎊。要長點的故事？短點的？」

「愈詳細愈好，我老闆覺得金陵福是好題材。」

扔下耳掏，老人彈掉耳掏上的耳屎，連吹幾口，任由浮游物般的白色小碎片隨陽光飄浮。

從櫃下拎出茶壺，熱騰騰的蒸氣瀰漫在大約翰眼前。

「收錢得辦事，你非要金陵福，就金陵福唄。在金陵福之前，先對你說個人，大家喚他老耗子，至於真實姓名、生於哪年哪月，怕連他自己也弄不清，不過他堅持生在七月十九日，那天他玩了人生最重要的一場戲法。沒戲台，沒人付錢買門票，老耗子的代價是賺了個小學徒。」

「喝茶。」邱先生沒差點把小茶碗塞進大約翰的闊嘴。

「我和金陵福是現場見證人，老耗子玩的是入壁術。玄吧，不只穿牆變身，把戲簡單，裡面的學問，大啦。」

一八六四年七月十九日，金陵城外一批批湘勇打著赤膊往土堆上衝，一層土一層草稈，夾雜附近民房殘留下的磚瓦，不過半天時間，土牆已堆得丈餘高。

沿江盡是打從九江、安慶放下來的船，不運兵不運糧，運的盡是江裡的泥沙。命令已經由一張張嘴轉達至每一名湘勇的耳中，長毛賊的城牆有多長，湘軍的土牆就修多長。

連下十多天的雨，給炙熱的日頭一曬，悶得發不出的熱氣罩住整座太平天國的天京。曾九帥率領他五萬名大軍從雨花台掩殺至六朝故都的城腳，既未攻城，也未挖長壕，他修牆，打算築起單薄的土牆將天京困得連隻老鼠也竄不出。

沒人請示九帥究竟打算從土牆頂架起長梯伸到對面的城牆，送衝鋒營伍冒死殺進城，還是拖西洋炮上牆，對著城內每天擂個幾百炮，轟得粵賊不得不開門投降？

湘勇原本出身農家，長期習慣挖壕、砌牆、掘坑，一如以往不問原因，只是繼續把沙泥往牆上堆。

對面的金陵城，太平軍的天京，連著幾天死寂一片，城垛間不見人影，謠言早傳遍湘軍，一說城內缺糧，洪秀全拿出他聖庫內的珍寶分發給軍士，滿手白銀黃金的兵卒黏著嘴唇、捏緊手中槍矛，耐住性子等候殺出城的命令。

一說太平軍擺空城計，鬆懈九帥的戒心，等待援軍從安徽、浙江趕到，把湘軍一袋子摟住，到時再決戰。

最新也是最安定人心的說法是城內的統帥李秀成派了他的舅爺宋永祺出城見過九帥，談妥獻城投降的細節，不出幾天，湘軍可以大搖大擺進城，此刻的築牆是給洪秀全壓力，讓他聽從李秀成投降的主張，快快打開城門。

無論哪種說法，熬過雨花台七百多個廝殺日子的湘軍面對高大的城牆，身體再疲憊也得打起精神，因為最可怕的謠言來自上海，朝廷要剛打下蘇州、常州的江蘇巡撫李鴻章領淮軍前來助陣。淮軍有洋船載來的嶄新洋槍洋炮不說，還有洋人組成的洋槍隊，他們一來，湘軍幾年的血汗功勞，豈不全給李鴻章搶了。

急呀，九帥的上方寶劍揮在手下將領的身後，將領揮著大刀壓五萬湘軍，湘軍連踹帶鞭壓迫抓來的民夫築土牆，一旦土牆完成立刻攻城。

「別臭張臉嫌我囉嗦，你不是要金陵福的底細，這會兒我說的是他的底，極細極細的底。別說倫敦，連中國也只有堂堂 Mr. Choo 知道。

「那場仗殺得血流成河，你們洋人坐在長江的鐵甲船上看熱鬧，中國人殺中國人，干你們個屌事對吧？總之誰贏，你們跟誰簽約，照樣賣大煙、收銀洋。說到太平天國，」邱先生將碎煙末塞進煙鍋頭拿火柴點著猛吸兩口，「和你們一樣信天主，不過洪老頭自認是上帝的二兒子，耶穌的弟弟——收起你的臭臉，耶穌哪來的弟弟？你們覺得洪老頭是個瘋子。」

他吐出一口濃濃的煙。

「我隨著同鄉拜過上帝，搞不清上帝是誰，跟著拜，這一拜，拜到天京城下，沒分到洪秀全白花花的銀子，給曾老九的大軍逮到，押著挖地道、築牆。」

築牆！

湘軍上下從早到晚趕著執行這道要人命的軍令：築牆。

估計頂多再兩天功夫，土牆應該能修得和城牆同高，不過終究是臨時堆出的薄牆，扛得住城內的炮火嗎？

天色陰沉，不見晨曦。

湘軍總算有了動靜，四名渾身泥漿的湘勇在藤牌的遮掩下逼進南京城牆前，他們操起鳥嘴鋤往地面鑿，大約三尺深，跳入坑，從懷裡摸出瓦碗，埋進新挖的洞，耳朵貼緊碗底聚精會神地聽。

他們是打湘西帶來的礦工，擅長聽音辨位。聽了有一盞茶的時間，全數退回，城上的太平軍仍無絲毫動靜。領頭的老礦工回報：

「回大人，我們直著往城內挖，長毛賊在城裡橫著挖，聽來像是順著內城牆挖溝，看樣子玩安慶、九江的老戲法，挖著咱們的地道位置就灌油放火。」

誰都嗅得出空氣裡飄出的火藥味，這頭的民夫踏著屍體努力將土牆再往上墊高，那頭蹲在牆後的是藤牌手，動也不動等著號令。

城牆上出現晃動的人影，先是一尊尊火炮黑不溜秋的炮口突在城垛之間，沒多久隆隆巨響，火光中撒出豆子似的鐵沙朝土牆轟。炮火未歇，幾百枚火毬焦躁地飛向天空。這毬纏得線多，生白布裹牢，再用皮紙糊緊，全浸過油，火線從紙縫間埋入，臨陣時點著火往前拋，飛行時一團煙，落地則成一球球滾動的火焰。

火毬之後，上百條繩索甩下城頭，無數綁紅頭巾的長毛賊沿城牆往下溜，湘勇的洋槍兵在土牆前列好隊伍，舉起油亮亮剛從上海送來的洋槍，弓箭手在牆頂，拉滿弓對準踏得山搖地動的紅頭巾太平軍。

九帥英明，若非那堵要命的牆，還真擋不住太平軍的突擊。

這天的戰爭沒有吶喊，無數的韃靼箭矢扯著風毫不猶豫奔向剛砌了不到一半的土牆，上千名閉緊嘴的太平軍大步從煙霧中殺來，長矛尖端蕩著一枚枚刺眼火毬，湘勇則頂住箭雨靜靜等候，火毬飛舞在他們四周。有人倒下，有人軟了臂膀握不住槍，即使渾身燃著火，依然沒人出聲，直到太平軍猙獰的面孔從濃煙裡竄出。

不知誰開了第一槍，牽動其他洋槍幾乎同時響起驚人的槍聲。太平軍衝鋒的頭排剛躺下，後排的邊跑邊甩出另一批火毬。洋槍退下，漫天箭雨的掩護下，藤牌手朝前頂，太平門前只聽到鐵器交鳴的碰撞聲。

「太平軍打起仗來，一個字，狠。頭排長矛兵才殺進湘軍陣式，二排戟兵找著空隙既刺又拉，湘軍的藤牌手挺不了多久，幾名營官拉著火炮往土牆上運，才擺穩炮架就開火，可是泥沙未乾，受不住洋炮的後座力，嘩啦啦坍了好幾個角。」

邱先生說話的音調時而高昂，時而低沉，宛如人在天京城外的現場。

「我？縮脖子藏腦袋，湘軍打孔老夫子保衛戰，長毛賊打你們上帝老子下凡接管天下的仗，都不干我的事，跑江湖營生混點生計，偏被湘軍扔進天京城牆腳下挖地道。上面打，我們得老鼠似的朝深處挖，聽著砲彈在頭上飛，兩隻腳泡在泥漿裡生瘡長疽，別說前胸貼肚皮餓得頭發昏，連著一天一夜喝不上一口水。打啊，他們為了頭上頂戴、謠傳堆滿洪秀全皇宮的金銀，拚了命的打。」

邱先生眼神變得陰暗，他的嘴張得很大，舌頭往外吐了幾次，人陷落於回憶之中，找不著出來的路。

「聽說過太平天國拜上帝和耶穌。」大約翰把邱先生從回憶中抓回來。

「上帝？泡在地道，真希望上帝顯靈。」

邱先生眨起眼，煙嘴重重敲擊桌面。

「依我個性，早腳底抹油溜了。九帥狠，抓到逃兵不必上報，就地砍頭。死不怕，九帥另一道命令吸引人，攻進長毛的天京，任我們搶三天三夜。都豁出半條命挖地道，你說我能不搶他一搶嗎？」

太平軍不要命的火辣攻勢打得湘軍緩緩退到牆後，江上船艦的各式炮銃齊吼，暫時將太平軍釘在原地。

李秀成冒險派兵縋下城垛，打的不是新修的土牆，是湘軍暗挖的地道。轟轟隆，城牆前連續幾響爆炸，泥土混著人，炸上半天高。

太平軍在砲火下往後退，鼓聲齊響，潮水一般藍衣紅領湘勇衝出土牆朝前掩殺，不過城外地面炸出十多個大窟窿，地道給太平軍硬生生炸了好幾條。

披黃馬褂的將官領一群生力軍跳進直通太平門的地道，換下早已筋疲力盡的民夫，他們接手挖。

新的命令傳到，九帥沒了耐心，地道，明挖。

從城郊掘開好幾處墓地，拖出幾百塊仍未腐爛的棺材板，工匠營的快手鋤頭鐵釘齊下，每十塊棺材板連成一大片，鋪了牛皮，背面釘妥扎實的木條，五十名湘勇扛至頭頂，不到一個時辰，五百名湘軍組成好大個棺材板陣，蓋住炸開的地道往前緩緩移動，地道兵不用棚蓆、泥土遮掩，在棺材板下，明著將地道往城牆開。

城上火炮再響，火毬一個勁的朝下扔。這邊放火，那邊湘軍一桶桶的水朝前傳，見著棺材板著火，立刻往上澆。

藤牌手護住火炮和弓箭手，將炮彈和箭矢盡量往城上打，要打得城垛上見不著炮口和人才行。

被衝散的兵勇慢慢回到前進的行列，扛火藥的民夫、礦工忙著潛入坑道，戰情不時報進土牆上剛立起的大旗下，不知何時，九帥已高高站在旗前，前後是他從湖南老家帶出來的親兵，每人腰間兩把快槍，手裡提紅纓大砍刀。

坑道拋出成擔的泥土、分不清面孔的屍體，九帥動也不動，兀自站在風裡。風捲起大旗，旗角拂過九帥的額頭，炮聲響在四野，一支流矢順著風，咻地射進他左腳尖前的泥土。

巨大的棺材陣出現變化，中央一塊着了火，兩旁的水澆不到，火勢愈來愈旺，下面扛頂的湘勇有人受不住，撒了手，重量分攤到周圍，又有人撐不住，塌陷的地方逐漸加大，城上的太平軍見勢往火上傾火藥，黑色粉末飄到土牆。幾百名湘勇舉起藤牌往前衝入頂住幾乎崩塌的棺材陣，沒多久，雖然火勢仍大，但陣式恢復原狀，撼動大地的插進城牆。

火藥不停地往下灑，每聲巨響迫使陣式崩陷，隨即又聚攏。湘勇身後的洋炮被推得向前移動，每進一丈便停住向城內發幾輪炮，再往前推進。

天京城高大的太平門，在火光與濃煙中若隱若現，「太平天國」的大旗在城樓上頂住風，熬直它細長的個子。

看得出幾乎已是敞開了挖的地道，一個多時辰的功夫便伸進城牆的牆根，太平軍急了，又是上百條繩索拋在半空，湘軍也有準備，幾百名弓箭手甚至沒有藤牌的遮蔽大步迫近城牆的十丈之內，官長來不及下令，箭已紛紛射向剛抓住繩索往下跳的人影，幾個揮舞手腳的長髮賊兵墜入棺材陣的火堆，來不及喊叫已給火舌吞沒。

有人從地道內躍出，抓住引線往後狂奔，土牆上的九帥高舉令字號旗，咚鏘咚鏘的鑼聲響起，大軍朝後挪動步子，弓箭手也往後退，幾百名湘勇扔了棺材板，退到地道入口處重新集結，來不及跑的被塌陷的棺材板壓住，太平軍的火毬燒著火藥，幾聲爆炸，棺材被炸成木片，漫天飛揚。

從江邊、土牆後、四面八方竄出數不清的湘勇於整隊之後再默默向前移動，如老虎接近獵物，他們壓低刀矛蹲下身仰望高大的城牆。

「炸！炸！炸！喊聲從各個角落傳來。」

邱先生看著面前的大約翰怪聲大叫：

「我，沒你半個人高的小中國貧農，被一排手持火把、從頭到腳披著一寸厚泥漿的兵爺踹出坑道，栽進另一灘泥水。所以說呀，如今有茶喝，有飯吃，人生也就如此了。

「你問金陵福的身世？南京城，天京城，中國人傳統上稱它金陵城。現在，你明白他為什麼叫金陵福了？」

點燃引線了，第一響的爆炸出現於地道接近城牆約兩丈的地方，先傳來悶雷的隆隆聲，再轟隆的爆炸，散落在坑道上的棺材板再被炸出成千上萬的碎木屑，最前排幾名緊握藤牌的丁勇，來不及閃躲，炸得彈飛至空中。

城牆沒動靜——不，第二響就在城牆的牆根，轟隆隆，捲起的灰土比城牆還高，無數碎磚碎石飛向等待中的九帥大軍，可是依然無人後退。爆炸成串的響起，城前的兵勇有的竟張嘴結舌壓根忘記迫近脖子的刀槍，看得直了眼。

炸，連珠炮似地炸，一響接一響。好不容易爆炸聲才停，灰塵與煙幕遮去大半個金陵城，吼叫傳遍四野：

「衝，衝——」

驚呆的湘軍被喚醒，鼓聲、鑼聲、炮聲、兵馬的嘶喊聲，人潮向爆炸處湧去。

爆炸持續不停，三萬斤火藥一桶引爆一桶，夾雜太平軍擲出的火毬，漫天盡是火花、煙花。

迷眼的塵霧裡，看不清究竟城牆被炸出多大的缺口，湘軍人馬早奮不顧身殺進煙霧之中。

帥字旗下的土牆後面竄出幾十匹馬，後胸繡著「勇」字的馬兵舞動紅色令旗奔進大軍，他們傳九帥將令：

「見長髮、新剃頭者，殺無赦。」

城內也傳來喊殺聲，太平軍將數不清的火毬甩進煙霧裡。

城塌了好大個口，湘軍要是不能及時衝入城，太平軍很快能以人牆堵住；太平軍如果不能很快堵住缺口，湘軍一旦進城，誰也擋不住。

煙塵漸退，大致看得太平門的景象，東側果然炸出了十多丈的缺口，紅頭巾、黃頭巾的太平軍站在亂磚石堆高處往湘軍陣裡撲，而四面八方的湘軍朝缺口處湧去，腳踩頭、人踩人，螞蟻般地朝上擠。不多時，太平門城樓上紅邊黃底天國旗倒了，十多面紅色的太平旗在火中撲簌簌擺動幾下便成了一灘飄蕩在風裡的灰燼。

戰場變得空洞、寂靜，圍攻太平門的上萬多名湘軍眨眼之間消失，偌大的戰場留下張口朝天喊不出聲的洋炮。舉目所及，到處是燒黑了的木片與石塊，賴以保命的鍋、爐散得一地，就連江邊的船隻也不見掌舵的人，不是歪七八扭躺在泥漿裡，便是沒有目標地飄往江心。

「湘軍進城逢人便殺，我年輕不懂事，倒在泥堆見九帥的快馬飛過頭頂，嚇得尿屎拉得一褲子，隔壁湘西礦工拉起我說快進城，晚了什麼也搶不到。跟著一群礦工隨大軍往城裡奔，生怕晚一步沒東西可搶。

「忘了件緊要的事，身上的號衣給泥遮了，辮子散了，認不出我是哪邊的人，要是和礦工大夥在一起還好辦，偏跑岔路，孤零零撞上九帥的馬隊，他們個個手持大刀，刀口的血往下滴，落雨似的。眼看馬蹄幾幾乎踢上我腦袋，虧得有人拉我一把。」

邱先生放下旱煙盯著大約翰許久不說話。

「老耗子拉我一把，那是他的拿手絕活，什麼把戲都少不了它，金陵福學到精髓。老耗子原在城內擺場子賺點小錢，沒料到湘軍來得急，一時出不了城，等湘軍潮水似的湧進太平門，他走不了，不敢躲民家，你猜怎地？老耗子往牆角死人堆裡一鑽，身上蒙塊布，他見得著人，人見不著他。」

「隱形披風？」大約翰懂了。

「隨你叫什麼，老耗子管這套戲法叫入壁術。破破爛爛一塊布，往泥裡一鋪，像團泥；往屍體裡一鋪，像是幾條人腿、幾條胳膊。老祖宗左慈留下的把戲，他老人家被大隊兵馬追，躲進羊群，官兵喊，姓左的，你出來，不砍你腦袋。忽然一頭老羊用兩條後腿站直身子，還譏笑官兵：各位官爺，忙什麼忙呀。官兵追進羊堆，沒想到所有的羊全站直了說：官爺，忙什麼忙呀。」

邱先生邊講邊笑：

「我們左祖宗的戲法有意思，還有回被人追，他鑽進牆壁不見人，所以叫做入壁術。」

「靠塊破布，我們三人躲了三天三夜，趁夜溜出金陵城。」

「等等，你，老耗子，兩個人。」

「看你急的，忙什麼忙呀。第三個人就是金陵福，兩歲，老耗子從戰場裡撿到的孩子，爸媽死在亂軍之中。從此金陵福便跟定老耗子，喚他師父。那時不叫金陵福，老耗子給起的名，小嗑巴。懂吧，講話結巴。他不是天生嗑巴，眼見爸媽被砍，全城到處是屍體，嚇得說不出話，隔幾年長大了雖能開口，卻嗑巴了。」

「金陵福一到倫敦便來看你，原來你們是患難之交。」

「好歹他得稱呼我師叔。」邱先生得意的回答。

「多講講入壁術。」

「哈，人能穿進牆壁，關鍵不在牆，在人。老耗子常說，祖師爺左慈在一千六百年前就講得明白，魔術不是把東西從無到有的變出來，東西一直在那兒，魔術師只是把觀眾的眼睛打開。」老人一拍桌面，「糟，你瞧，人年紀大，話多收不住腳。」

邱先生垮下臉皮，隨即再笑出聲：

「小嗑巴跟了老耗子，日子沒好過，過江一路往北，指望進了北京能憑走江湖的把式吃頓飽飯，誰想到太平軍的殘餘部隊竄過江，我們三個呀，約翰先生，我什麼都吃過，你這塊頭，夠我吃七天。」

煙鍋頭戳了戳大約翰的胸膛。

「抹了鹽往火上烤，聽油燒得滋滋叫，趁熱往嘴裡送。」

大約翰身子往後一抽。

「以前的事了，現在你送給我，我還嫌油膩咧。沒去成北京，老耗子腦筋動得快，天津洋船多，洋人多，有租界，比起來算安定，討口飯吃的機會大。七轉八轉我們到了天津。」

邱先生停下話，若有所思的說：

「你看，中國的亂，怪你們洋人搗的蛋，偏大江南北，唯有洋人的租界區才安全。

全亂了套，中國人對洋人，說不出的複雜感情。」

「難怪金陵福說他是天津人。」

「沒錯，他長在天津，至於生在哪塊？弄不清啦。老耗子待人不客氣，練不會把戲，竹子抽。唯獨一樁，老耗子公平，哪怕碗裡只剩半個饃饃，照樣一分三，不虧待哪個。」

「老耗子是魔術師？」

邱先生乾笑幾聲：

「中國人瞧不起跑江湖混飯吃的，老耗子是耍戲法的，懂吧，見到人多的地方敲鑼吆喝開場子，耍刀、走單索、把塊豆腐變成銀子，圍觀的人見了急著買豆腐回來請老耗子變成銀子，我呢，在旁邊賣豆腐。玩戲法的和騙子同級，比妓女高一級，比小偷低一級，比挑糞的、當差的矮他娘的十八級。」

邱先生嘆口大氣。

「成天跑碼頭，這個城待幾天，往下個城趕，老耗子跑出一身毛病，天陰喘，天熱燥，他的爛命，活一天算一天。」

「說得口乾，」邱先生放下煙桿，「做生意講究細水長流，今天的細水，還得往明天流。」

老傢伙又要錢。

「多說一點，老耗子變的是哪種魔術？」

「好吧，終究是個故事，多講點不會少了我的利息。老耗子的戲法是在天地之間練出的，沒有舞台底下的暗道，沒有躲在舞台頂上的助手，觀眾往他身邊一圍就地表演，要是功夫練得不深，手藝不巧，給人逮著小辮子不打死才怪。老耗子是這個，頂尖的，從沒失過手，江湖上稱他六指耗子。」

大約翰看著邱先生伸出的一隻手，真的有六隻手指。

正好奇，邱先生從第六根手指內抽出絲巾，一抽抽個沒完。

「要不要量量，別看這根空心手指，連到袖子裡，拉得出一哩長的絲巾。」

一哩長，恍然大悟。

「耍戲法得眼明手快，觀眾被抽出的絲巾吸引，誰去算那隻手有幾根指頭。唉，光六根手指的戲法，起碼再值兩三鎊。和你約翰先生做生意，我蝕了不少本。」

「六根手指、入壁術和大缸飛水有關係？」

「其他的你回去慢慢想，我，得去找點東西填肚子。」

說著，邱先生從桌下抓出缺了個口子的大碗，一團黑糊糊不知什麼東西。大約翰不能不告辭，萬一像藥茶，邱先生非分他一口嘗嘗可怎麼辦？

接近劇場，沒找金陵福，跳上電車回艦隊街，《奇聞奇事》剛上市，大約翰從報童手中接過一份，首頁大標題和他昨晚想的一樣：

金陵福，滿手鮮血的拳匪

特洛伊木馬　Trojan Horse

站在對街，一樓的窗上亮著暗黃的燈光，偶爾人影晃過，熟悉得大約翰能感覺到雜亂棕色髮尾拂過他臉龐的搔癢。甚至透過玻璃、穿過赭紅睡袍，他指尖已經接觸到堅挺而柔軟的女人胸部。

大約翰一直站著，一直看著，已近深夜，燈仍未熄，一輛街車經過，他才提起幾乎凍僵的腳離開，走到路口，忍不住停下步子扭頭看那扇窗戶，卻見到男人的黑影登上階梯敲黑色的大門。門打開，洩出長方形的光線，門再關上。他走回艦隊街，沿路也許失落了很多說不出名堂的心情。

小報童找來，天尚未亮，蹲在窗台外敲玻璃。寫了一整晚的金陵福，大約翰迷迷糊糊睜開眼，趕緊放流著兩條鼻涕的男孩進屋。

「金陵福找你，他在劇場。」男孩打個噴嚏：「漂亮的中國公主也在。」

大約翰抓起外套往外衝，莫非金陵福同意接受他的採訪？一路上肚裡盤算該問些什麼問題，最重要的當然是為何兩個中國魔術師不惜互揭瘡疤非得打倒對方不可？他們在中國不認識？以前有仇嗎？

張掛在劇場門前的海報被人塗了字：

天咒的拳匪

看來珍妮散發的照片對金陵福的殺傷力不小。

輕敲劇場後門，摩瑟紅眼打著酒嗝應門。

「喝過中國酒沒？最好別試。」

他們小心繞過堆滿走道的大小箱子。

「聽好，金陵福給你一條獨家消息，不准問其他的。同意？」

「什麼樣的獨家消息？」

「要是不要？」

大約翰不作聲，隨摩瑟進化妝室，金陵福兩手攏在袖內不帶表情盯住來客。

「到現在為止，你知道多少程連蘇的事？」摩瑟拉過一把椅子，自己坐。

「推測他是日本人，至少他的高大助理法蘭克本名 Kametaro，日本人。」

摩瑟翻譯成中文，金陵福嘴角揚揚沒說話。

「交換條件。」摩瑟轉過臉：「你把消息直接告訴程連蘇，回來如實轉告我們他的反應。還有，你去的時候請留意那裡有沒一個大約四十多歲的中國女人，如果有，請設法打聽她的名字。」

「見過。」

「曉得我們說的是誰？」

「半身的女狀元？」

摩瑟大笑，轉頭對金陵福說了兩句，不過金陵福沒笑，他仍提提嘴角，彷彿摩瑟說的是今天天氣很好。

「假的，女狀元假的，半身也假的，不過你說對一件事，我說的四十多歲中國女人應該是扮演半身女狀元的女人。」

「前兩天我守在劇場後門，見到程連蘇劇團所有人下工，沒那個女人。」

摩瑟再對金陵福咬咬耳朵，金陵福這回開口了，看他黑不見底的眼珠子不像說今天天氣沒那麼好。

「金大師說可能扮成男裝，若是見到比較矮的男人，請留意。」

可以接受。大約翰握住摩瑟伸出的手。

摩瑟再看金陵福一眼，沒有反應。

「君子協定。我給你的消息，聽好，金陵福大師透過他的經紀人摩瑟先生指控程連蘇不是中國人，更不是日本人，他只是個冒牌的假中國魔術師，和他的魔術一樣假。」

大約翰嚇一跳，程連蘇不是中國人不是日本人，會是哪裡人？

摩瑟當沒聽到。

超出原來的預期，大約翰急著記下每個字。對程連蘇強烈的指控，為免出錯，他遞拍紙本過去，摩瑟認真看完點頭認可。

「金陵福大師同時提出一千英鎊做獎金，只要程連蘇能表演和金陵福同樣的魔術，立即親自奉上獎金。」

程連蘇也許不屑一千英鎊，不過等於金陵福向程連蘇公開挑戰。

「我們希望愈早得到答覆愈好。」

大約翰點頭，金陵福指稱程連蘇不是中國人就夠做頭版新聞。

自始至終金陵福沒對大約翰講過一句話，老鷹一般的眼神卻沒離開過，看得大約翰背心直出汗。

他得在傍晚交稿，沒時間等待。轉到程連蘇下榻的旅館，等了十多分鐘，下來的是披睡袍的法蘭克和珍妮。

「謝謝你們提供的照片，可惜《奇聞奇事》先用了。」

珍妮與法蘭克沒回應，法蘭克甚至回了個盡是隔夜酸味的呵欠。

「金陵福剛才接受我的採訪，公開具名指控程連蘇先生不是中國人，所以來求證。」

他湊近法蘭克的臉孔：

「還有，我調查發現法蘭克也不是中國人，是日本人。照這個推論，水仙公主當然不是中國人，更不是中國公主。」

法蘭克憤怒的往前踏出一步，珍妮拉住他。

「希望得到你們對此的回覆，一起刊登在周日上市的報紙上。」

珍妮咬著下嘴唇，她和法蘭克都醒了，比早晨下煎鍋前的雞蛋還清醒。

「金陵福而且提出一千英鎊的賭金，只要程連蘇能夠表演任何一項他的魔術，賭金就是程連蘇的。」

珍妮和法蘭克的態度軟化了些，仍是珍妮回答：

「我轉告程連蘇。」

留大約翰一人在櫃檯前等候，他四處瞧，沒見到那個中國女人，倒是其他的團員陸續下樓聚在餐廳內等著吃早餐。

珍妮很快再出現：

「程連蘇先生仍在休息，下午三點，跑馬地劇場回答你的問題。」

沒選擇的機會，珍妮掉頭回房了。

大約翰沒進報館，急著趕去帝國劇場，鞋童、報童和賣咖啡的小童都在，他們是這個冬天倫敦最勤奮的工作者。

每人分一先令，大約翰分配任務，保證晚上再付一先令作為獎勵。

接著他壓抑激動的心情，跳進公共馬車回艦隊街，下午三點前把主要的稿子寫完，留頭版的內容等程連蘇的回應。

大約翰喜歡記者這行業，把驚訝帶給讀者，和魔術的效果差不多。

報館立即陷入亢奮狀態，連載金陵福的故事之外，如果證實程連蘇不是中國人，馬上能搶回輸給《奇聞奇事》的第一仗。

的確，過去許多魔術師使用假身分，目的在增加票房的吸引力，常見的自稱為貴族後裔，像某個匈牙利人說自己是沙皇的私生子，海報上大咧咧印著「俄羅斯王子」的頭銜。從未有人深究魔術師的出身，可是假裝成中國人倒是從未聽說過，揭穿這件事的還是另一個中國魔術師！

程連蘇的真實身分呢？

大約翰悶頭寫稿，同事不停帶來新的消息，程連蘇可能再修改戲碼，外界猜測他會搬出危險刺激的《空手接子彈》。胡迪尼正式宣稱他將在下周表演水箱內逃生術，並向記者展示了新訂做的玻璃水缸。金陵福午場的表演更加匪夷所思，繼木鳶載人升空後，他演出《刺客》。

從劇場回來的瓊斯頓說得口沫橫飛。

布景富麗堂皇，是中國的皇宮，皇帝和公主看金陵福表演魔術。他在布上畫出一顆蘋果，隨即摘下畫布上的蘋果交給齊朵公主，所有人見到齊朵咬了蘋果進嘴咀嚼再吞下肚。

其他人插嘴問畫布上剩下什麼？

畫布上當然變成空的。

金陵福再畫裝在瓶內的藥水，長生不老的藥水。他從畫布取下藥水交給皇帝，才喝下肚，皇帝便中毒死亡。宮廷武士舉刀圍殺金陵福，沒想到金陵福三筆兩筆迅速畫出一艘小船，他跳進畫布，划船逃走。

「真的跳進畫布，人變得很小，坐在只畫了線條的小船，划動的時候船頭還有水紋。」

「怎麼不見的？」

「船划出畫布就不見啦。」

講著講著，瓊斯頓滿口酒氣的嗓門變大，手舞足蹈，好像他在舞台上。

如果不是先前表演過木鳶飛天，瓊斯頓的故事沒人理睬。有過木鳶，不能不相信金陵福可能真的能跳進畫布划他畫的船逃走。

看樣子金陵福再次挑動倫敦人一向藏在深處不輕易表達的激情。

大約翰想起邱先生提到的幻術，《木鳶升天》和《刺客》是幻術嗎？和魔術有什麼不同？

《奇聞奇事》的報導勾起某些人對拳匪的仇恨，朝舞台扔石頭，金陵福未受影響，當他從畫布變出蘋果，劇場內早靜得只剩下齊朵啃蘋果的聲音，到底大家花錢進場為的是看魔術。

稿子交給主編，大約翰趕去跑馬地劇場，程連蘇的表演即將在一個小時後登場，後台忙成一團，幾名助理以木板訂新的道具，一匹很高的木馬。

珍妮與法蘭克引大約翰進一間小屋，大約翰眼尖，穿一身黑的中年中國婦女蹲坐在幾個疊起的木箱上若有所思。會是她扮演半身的女狀元？明明四肢健全，程連蘇怎麼把她的下半身變不見？

程連蘇不在屋內，珍妮代他發言：

「關於金陵福指控程連蘇不是中國人這件事，程連蘇願意原諒金陵福的胡言亂語，他認為金陵福年紀大，老眼昏花，不怪他，請他多吃點中藥補眼。」

珍妮沒有讓大約翰發問，她講得更快：

「有關金陵福提出一千英鎊的挑戰，侮辱程連蘇大師，既然金陵福有信心，程連蘇願意在若干證人面前，不公開的和金陵福比比本事，如果金陵福贏了，程連蘇立刻中止所有演出，若程連蘇贏了，則請金陵福離開英國，從此閉上他被鴉片煙燻黑的臭嘴。我們覺得這是公平的條件。」

程連蘇的提議遠超出大約翰原先預想的範圍，讓兩個中國魔術師面對面比賽，以前從未發生過，恐怕報紙能賣到海峽對岸的歐洲。

大約翰被法蘭克押著離開劇場。不用麻煩，大約翰沒時間久留，他在趕去金陵福劇場回報前，還有些小事得安排。

沒在跑馬地對面的小巷子等多久，小報童拖著褲管的雪泥跑來，他們三個男孩躲在劇場內一天，中國女人叫小青，大約翰和珍妮說話的時候她已穿男裝離開劇場，不過鞋童和咖啡男童偷偷跟在她身後。

辦得好。

回到帝國劇場，後台為晚上的表演整理道具，此起彼落的吆喝聲。

摩瑟與金陵福仍在更衣室等他，摩瑟才聽完就大笑不停。金陵福拉長暗黃的臉皮，兩人當著大約翰的面以中文對話，講得語氣高亢，好不容易摩瑟代表金陵福回答：

「他向金陵福挑戰？你問過他是不是中國人嗎？」

轉頭和金陵福交頭接耳一陣子，摩瑟發出長串笑聲：

「金陵福對程連蘇的挑戰，暫不表示意見，除非程連蘇對誣賴金陵福是拳匪的汙辱先表達歉意。」

摩瑟的腳勾過一把椅子：

「請坐，仰脖子和你說話太累。約翰，你也拿到珍妮給的照片？希望你不要刊登，維持我們對你的信任。」

「見到你說的中國女人，她的名字是小青。」大約翰脫口而出。

不用翻譯，金陵福聽到小青的名字已然按住桌面站直身子，掏出袖口內一張發黃的照片送到大約翰面前。

「是這個人嗎？」摩瑟問。

照片中的女人很小，一旁站著高大、捲起褲腳的衣衫不整中國男人，和金陵福幾分相似。

「可能是。」

「人在哪裡？」
「不清楚，她和程連蘇不住同一家旅館。」
大約翰對小青更加好奇：
「小青和金陵福有關係？」
摩瑟閉上嘴，半推半拉將大約翰送出劇場後門。
主編杭特先生一手扶著煙斗，微笑的聽著大約翰興奮的述說。
「太好了，約翰，我們有了精采的好故事。」
杭特當即決定，頭版以程連蘇的身分做標題：

金陵福指控程連蘇不是中國人

杭特先生對金陵福沒當場接受程連蘇的挑戰有些疑惑，說不定金陵福胡說八道，想把社會上對他拳匪身分的注意力轉回程連蘇。大約翰無法確定，再說他急著趕回跑馬地劇場等三個男孩的消息，金陵福聽到小青名字表現出的激動不似他平日在舞台上的穩重。對兩人的關係，大約翰忍不住想追查下去。

沒等到男孩，他先進劇場看程連蘇的表演，果然是《木馬屠城》，三十年前的舊戲法，程連蘇改了不少地方，扮成希臘勇士的助手進入木馬肚子內，程連蘇指揮士兵轉動馬蹄下加裝輪子的木馬，向觀眾展示沒有其他的出入口，突然大喊聽來像是中文的咒語，馬身中間的木門打開，裡面空無一人，程連蘇以手中長戟往馬肚內刺一遍，希臘勇士果真不見了。關上木門，另一句中文咒語，木門再開時是水仙，她搖晃身子由程連蘇扶下木馬。從大開的木門可以看見裡面依然是空的。木門關上，木馬再轉了兩圈，門開，希臘勇士持刀紛紛跳出馬肚包圍水仙，程連蘇將布巾蓋在水仙身上，勇士四把刀同時砍下，布巾被刀尖挑開，水仙不見了。

掌聲遠不如前幾天的響亮，大約翰提前離場，簡單的魔術，馬肚內用黑布隔出一個空間，希臘勇士藏在布後，看上去裡面是空的，拿開黑布，勇士又現身。跑馬地劇場的地板早設計了暗門，水仙在布巾蓋上身子時，躲進暗門。

希臘勇士在舞台上到處找水仙時，程連蘇揮揮布巾，上方的燈光打亮，原來水仙坐在木馬背上。

大約翰嘆口氣，毫無新意的魔術，程連蘇被金陵福打得亂了方寸。

如大約翰所想的，表演結束後，程連蘇劇團的確亂成一團，偉大的中國魔術師將自已關進化妝室，法蘭克與珍妮面面相覷，在團員期待的目光中，水仙推門進去。

很久，水仙臭著臉出來，她招呼法蘭克：

「改戲碼，演空手接子彈。」

法蘭克不相信似的看著水仙，珍妮緩下氣氛：

「槍由小青保管。」

水仙轉身看窩在木箱上的黑色人影，第一次，團員目瞪口呆看著水仙走到小青面前說了很久的話。全是水仙說話，小青一句也沒應。然後小青走到化妝室門前敲門：

「比利，我小青，開門。」

她喚程連蘇：比利。

程連蘇四年來只表演過《空手接子彈》四回，第一次是初到倫敦的第七場演出，模仿偉大的赫曼，古典式的場面。由六名助手扮成鄂圖曼槍手站在觀眾席中間的高台，觀眾檢查完彈丸與火藥後，六人連續發射，程連蘇翻轉身體，姿勢美妙的在舞台上用瓷盤接住子彈，噹噹噹噹噹噹六響，程連蘇從瓷盤內抓出六顆彈丸。

第二回相隔一年多，改用新式步槍，一顆子彈。觀眾代表以刀子在彈頭刻畫下記號，交給發射的槍手填入彈倉，發射後，彈頭被程連蘇以銅盤接住。經過檢查，果然是做了記號的子彈，加上彈出的彈殼，在在證明子彈發射出去，程連蘇接住彈頭。

第三回與第四回演的方式相同，多增加一名槍手，程連蘇以兩手接住彈頭。據說原來計畫六把槍同時開火，水仙反對，風險太大。

如果現在再演這個戲法，依照程連蘇的個性，想必修改原先的程序，更加緊張，他會讓觀眾填彈、讓觀眾開槍嗎？

小青拿出槍，略略檢視即填入子彈，在法蘭克協助下，試射十公尺外的南瓜，一槍把南瓜打得粉碎。

水仙進屋和程連蘇吵了很久，新戲碼清楚了，程連蘇讓步，不讓觀眾開槍，由六名助手扮成的槍手一起開槍，先射擊南瓜，向觀眾證明真槍實彈，再請觀眾檢視子彈，槍手同時再對程連蘇開槍，程連蘇舞動雙手接住子彈，擲入瓷盤，發出的清脆響聲能增強真實感。

程連蘇把法蘭克叫進屋，原來程連蘇又有新的主意，請法官與軍官到現場公證，經過他們檢查的槍和子彈，觀眾更沒有疑慮。法蘭克愁眉苦臉和小青和水仙談了一會兒，明天早上能找到願意來公證的法官嗎？

他們立即排演，用實彈射南瓜時很順利，但用空包彈射程連蘇時出了意外，槍膛爆出的火藥炸傷一名槍手的臉頰，雖然不嚴重，但也燒掉拇指大小的皮膚。法蘭克嘆氣的出去找醫生，程連蘇失去控制，砸了幾顆南瓜，後台一片狼藉，劇場經理很不高興。

程連蘇再回化妝室，水仙與小青先後進屋，室內傳來水仙尖細的聲音。

法蘭克帶著醫生與大約翰回來，對於金陵福未接受挑戰，程連蘇露出不齒的表情，法蘭克更加堅持金、程的比賽，語帶威脅的對大約翰說：

「如果《周日派送》無法說服金陵福，還有很多報紙願意促成這件事。」

大約翰不太在意程連蘇與金陵福的比賽，法蘭克開出的條件是不公開，由兩名證人監視比賽，無論比賽結果如何，不得報導。程連蘇同樣提出一千英鎊，誰贏誰拿走兩千英鎊。

既然不能報導，大約翰當然沒興趣，他可以想見即使金陵福同意，雙方對比賽的進行方式一定吵得不可開交。

沒見到小青。

大約翰到酒吧喝杯啤酒，鞋童已經在門口等他，找到小青的住處。

攔了馬車，直奔東倫敦的萊姆豪斯。

沿泰晤士河，北岸多是倉庫與造船廠，轉進後面的小巷，馬車不能再前進，大約翰喘著大氣走在濕漉漉的路面，零星的華工蹲在屋前燒他們的晚餐，味道刺鼻。這一帶住了不少中國工人，碼頭當苦力、洗輪船的甲板，生活比較好點的則賣東方貨品，瓷器與茶葉仍受英國人歡迎。

兩側低矮房子傳出另一種味道，坐在一扇門前的兩名華工眼神呆滯，看門的是名戴瓜皮小帽穿皮裘的老人，他一手長竹子做成的旱煙袋，一手轉兩顆渾圓的石頭，狠狠瞪了大約翰幾眼。

鴉片館，中國人無論到哪裡，鴉片館與剛才刺鼻的燒飯味跟著到哪裡。

報童從不到兩男人肩膀寬度的小巷內探出頭，指指轉角另間磚屋的樓上。

原本應該是倉庫，一樓以木板隔間後分租給華工，窗外吊滿曬不乾嗆鼻潮濕味的衣褲，門前持剃刀的華工就著屋內瀉出的煤油燈光線給另一名華工刮前額的毛髮。

大約翰如約塞了一先令給男孩，他看看二樓不見人影的窗戶，扶正圓盤禮帽邁進窄小陰森的門內。

踩著發出呻吟的木梯上去，二樓沒有隔間，木板拼成地面，六片中國式的屏風將房間分成兩部分，靠樓梯處堆了幾個魔術團用的木箱，寫著漢字，屏風那邊依稀看得見一張木床與另兩個較小的木箱。

室內唯一的光亮來自屏風前小圓桌上的一盞油燈，左邊有扇大窗戶，小青便橫坐窗台，背靠一邊，腳撐另一邊，映在深藍的天幕，如同方格內的M。她抽紙菸，將煙嘖向樓梯口。

「大家叫你大約翰是因為你的塊頭大？」

沒想到小青的英語流利。大約翰點頭。

「三個男孩跟了我整天，你吩咐的？」

大約翰再點頭。

「為程連蘇的身分？為金陵福的神奇魔術？」

一時之間大約翰不知該怎麼回答，幸好樓下中國人大聲朝上喊，吸引了小青的注意力。

她輕快的跳下窗台，手往圓桌一擺：

「坐，來者是客。這麼大的個子，站著挺嚇人。」

木梯再次呻吟，但不像剛才那麼痛苦，佝僂中國老人提竹籃進屋，他既不看大約翰也不看小青，熟悉的走到圓桌，從竹籃內取出三個大圓碗裝的菜，另兩個小碗裝的顯然是中國人愛吃的米飯。

小青扶他到梯旁，老人逕自離去。

「他是瞎子，信上帝和耶穌的長毛賊殺了他全村的人，流落到倫敦反而信起耶穌，教會裡的教友照顧他，衣食不缺，不過人閒不下來，弄個爐子幫附近的中國人燒飯，也幫我。」

她走到桌邊：

「一起吃飯。預料你來，加了菜，看看我們今晚有什麼好吃的。」

昏暗的光線裡看不清小青的面容，聽聲音、看動作，大約翰恍如面對的是名少女。

「有魚，有菜，一大碗肉，夠我們吃的。坐。」

小青搬起較小的木箱擱在桌邊當椅子，大約翰想幫忙，小青制止他：

「箱子沉，我來。」

大約翰搖搖第一個木箱，果然很有重量，裡面可能裝滿東西。眼前這女人有與身材不成比例的氣力。

「搬箱子不能使蠻力，藉力使力。」

她抬起箱子一角，順勢轉個圈，木箱已落至桌旁。

「把這兒當自己家，隨便坐。」

小青替他添飯，教他使筷子。

「給我兩根筷子，能夾下天空裡的星星。」她笑著說。

大約翰頭一回吃中國菜，頓時想起在巷內聞到的奇怪味道，小青說的：

「加醬油和中國酒燉煮出的豬肉，鹹鹹甜甜，你試試，吃不慣吐掉。」

忽然想到程連蘇一齣著名的魔術戲法名字：大汗的奇妙旅程。沒什麼了不起手法的表演，可是劇情豐富，大汗在舞台經歷春夏秋冬四季，遇到美麗的水仙公主。大約翰則在萊姆豪斯經歷他的奇妙旅程，豐富的豬肉滋味、咬起來香脆的青菜、沒想到可以吃還非常好吃的鯉魚。

「學不會用筷子？沒關係，慢慢來，我替你把菜擺到飯上，想再吃塊豬肉嗎？」

有如面對溫柔的女性長輩，大約翰一個勁點頭，他不敢開口。

「金陵福和程連蘇見面比魔術，你覺得誰的贏面大？其實魔術無法比賽，每人各有本領，各有觀眾。」

停下話頭，小青悶頭吃飯，她吃得慢也吃得優雅，和拿刀叉的歐洲人不同，拿筷子的中國女人光是姿勢便好看，筷尖夾起小撮魚肉送進小小的嘴，小嘴蠕動，舌尖偶爾探出舔拭嘴唇。發現小青留意他，大約翰馬上低頭。

不知不覺吃光所有的飯菜，小青靠著水槽洗碗盤，她指指桌下的小爐子：

「幫我燒壺水好嗎？飯後，中國人習慣喝茶。」

生火難不了男人，點著爐底的炭，放上鐵壺。

「我們喝點清淡的茶，中國的醫生說能幫助睡眠。」

她拿出三個小鐵罐，選了其中一罐。

「茉莉花的香味，可以吧？」

可以，當然可以。

不久茶的香味瀰漫整個樓層，不像邱先生的苦茶，大約翰喜歡這種能讓心情平靜的綠茶。

小青兩手包裹熱陶杯，略為駝背，兩腿 X 形交疊，出神的望著窗外的黑夜，茶水的蒸氣在她的臉前裊繞。

「程連蘇有他可愛的一面，是他救了我。那年我流落街頭，不懂英文，沒有朋友，幾乎餓死，他在劇場後門見到，一瓶牛奶救活我。」她發出鈴鐺般的笑聲，「像隻失去父母的小貓，只要一碟牛奶。從此我跟他的魔術團到倫敦。」

大約翰沒出聲音，他放慢呼吸聲，小口啜茶，即使眼前的女人比他大十多歲，卻給他與同年齡心儀女子見面的緊張。

急速循環的血液不停捶擊他的心臟。

「他是好人，個性好強，優點也是缺點。」

小青看向大約翰：

「他不是金陵福的對手。」

大約翰驚訝的終於抬起視線看小青，搖曳的光影下，他看到的是五官細緻、線條卻又分明的美麗的臉孔。

「可是不能不接金陵福的戰書，魔術師，無時無刻不想新的戲法，憑技巧，他不會輸，不幸命中注定他會輸得很慘。我知道金陵福，他要的是另一套技巧，程連蘇見也沒見過。」

她認識金陵福？

「妳認識金陵福？」

「他呀，」面前的女人眼神飄得很遠。「和許多男人一樣，永遠尋找，永遠不滿足，永遠長不大。」

小青講話時偶爾擠擠小巧的鼻頭，有時自顧自的笑，有如跟很親近的人在一起聊家常。

「有些魔術師為賺錢、生活，有些不僅需要賺錢，需要更多舞台上的滿足，他們兩個屬於同一類魔術師，輕易毀了任何一個，都可惜。」

大約翰覺得做錯事，低下頭。

「你是記者？我認識幾個上海的中國記者，他們對魔術沒興趣，對革命有興趣。幾年前中國皇帝發高額賞金懸賞的革命頭子在倫敦被抓過，你聽過這消息沒？」

大約翰的頭更低，他完全不清楚中國革命的事。

「哎，挑戰的事看他們的決定了。至於我，沒什麼秘密，程連蘇的助理而已，希望他成功。我是中國人，喜歡中國食物、住在中國人多的地方，歡迎你有空來喝茶。」

臨走前大約翰鼓足勇氣說了這晚的第一句話：

「妳叫什麼名字？」

女人站在樓梯口，微弱的燈光照射出她雪白的牙齒：

「想知道我名字？傅霜，秋天的名字，大家叫我小青，卻非常夏天。」

小青陪著走到樓梯口，大約翰聞到一股清香的體味，不是巴黎香水，更不是印度咖哩，淡淡的香氣中藏著點極淡的嗆味。握住小青細嫩的手，大約翰為自己不停冒出汗水的手心感到不好意思。

當大約翰站在樓下，站在鴉片館門口時，才醒覺該問的他什麼也沒問，只換回一個名字。溫度雖低，心頭有股暖意，說也怪，還有點空，好像身體內被掏空了一部分，不知道是哪部分，使他走路輕飄飄。

鴉片館穿皮裘、抽旱煙的老人仍在，他咳一聲嗽，大口痰吐在大約翰面前。繞過痰，靜靜穿過小巷，見到送餐的老人蹲在爐邊燒另一鍋菜。大約翰上前塞了一鎊給老人，輕聲說：

「美味，真正美味。」

老人粗糙的手緊緊握住大約翰依然冒汗的手掌。

中國水牢　Chinese Water Torture Cell

胡迪尼的新戲登場，僅僅海報上的宣傳便傳遍倫敦大街小巷，中國水牢。他笑著對大約翰說：

「先有程連 Soo，再有金陵 Foo，總該輪到我迪尼 Hoo 吧。」

如他當初說的，僅著短褲的赤裸身子綑上好幾條粗鐵鍊，緊夾鼻翼，由觀眾上鎖，倒吊進鐵框玻璃牆面的水箱，幾百隻眼睛的見證下，他必須在淹死自己之前脫逃。

過程緊張也緊湊，胡迪尼於水箱內拚命扭動身體，攪出的紊亂水波更加吸引箱外好奇的眼光。

時間以秒計算，就在大家見水中出現氣泡，以為胡迪尼憋不住氣喝水時，他成功的掙脫所有束縛冒出水面大口喘氣。

四分三十二秒，胡迪尼的閉氣時間超於常人。他喘著大氣對觀眾說：

「差點要了我的命，最後關頭我看見遠處的光束，亮得我睜不開眼，幸好鎖打開了。」

胡迪尼一直認為魔術愈接近死亡，愈能吸引觀眾。他再次做到。

一日之間，胡迪尼搶去兩個中國魔術師的風采，大約翰如約寫了很長的報導，並提出自己的懷疑：

之前有些人懷疑胡迪尼暗藏開鎖器在他的鞋子內，這次的表演是倒吊的，兩腳在箱外，證明他不是尋常的魔術師。依筆者的觀點，關鍵在於他是否能於水箱中使肩膀脫臼。

胡迪尼指著大約翰的拍紙板大笑不止。

「確定我有脫臼的本事？大約翰，你脫臼過嗎，想不想體會脫臼的痛苦？」

大約翰不好意思的搔搔頭。

「痛，不過值得。」他搧著紙板。「終於迪尼 Hoo 比 Soo 和 Foo 更值得你們報導了。」

胡迪尼坐在一口大木箱上，讓大約翰想起小青住處的木箱。

「下個發明更精采，不管 Soo 還是 Foo，恐怕都上不了倫敦的報紙。」

跳下木箱，他打箱子蹲坐進去。

「幫我關上箱子。」

大約翰猶豫一下，輕輕蓋上箱蓋。

兩隻手腕從箱蓋的兩個圓形洞口伸出。

「兩腳用鐵鍊拴牢，關進箱子，鐵索綑十幾圈，伸在箱外的手拿手銬銬住，把木箱垂吊進泰晤士河，怎麼樣，動人吧。它的名稱是《水葬》，我得先打開手銬、頂開木箱的蓋子，打開腳踝的鎖和鐵鍊。」

胡迪尼鑽出箱子，得意的拍拍手掌。

「我打算找倫敦警察廳派公證的警官以警用手銬銬住我的手，以昭公信。三個步驟，只要其中一個出錯，大約翰，你幫我寫訃聞，寫得動人喔。」

「不可能，上次你花了九十分鐘才打開最新式的鎖，想在水裡開警用手銬？」

「所以我叫胡迪尼。」

「什麼時候表演？」

「不急，我得先搞懂警用手銬。」

胡迪尼說話的口氣好像明天就能搞懂警用手銬。

「還是想問程連蘇的事？」

大約翰紅著臉孔點頭，小孩犯錯被大人逮著似的。

「不能說的就是不能說，看在你願意幫我寫訃聞的份上，透露一點線索。你認為程連蘇是中國人嗎？」

比起金陵福，程連蘇的眼眶更深，膚色更白——對了，眼珠子沒金陵福黑。

「如果你認為程連蘇不是中國人，會是哪國人？」

「絕對不是英國人。」

大約翰脫口而出。

「賓果，至少你已經知道他不是英國人了。」

胡迪尼笑得開心，大約翰卻想像報紙首頁標題若為「程連蘇不是英國人」，他大概走到哪裡都會成為笑柄。

帝國劇場難得的不見排隊人龍，倒是停了兩輛倫敦警察廳的馬車，大約翰急著往場內鑽。

珍妮的照片和《奇聞奇事》的報導發揮了效果，警方訊問金陵福和拳匪的關係，摩瑟替金陵福全盤否認。摩瑟說得有理，金陵福不曾被中國政府判刑、通緝，怎麼會是拳匪之亂裡的匪徒？照片裡金陵福與拳匪的合照不過恰好金陵福在天津附近表演，拳匪仰慕他，一起拍了照而已。

摩瑟堅定的要求警方向中國公使館查詢，若金陵福是通緝的拳匪，輪不到英國人開口，中國政府早抓人了。

警察問了問即離開，金陵福氣得臉色發青，見到大約翰哇啦哇講了一長串中文，摩瑟解釋過程，警方顯然受人指使，因為毫無任何證據。金陵福稍微消了氣便問，證實程連蘇是哪國人了嗎？

大約翰無從回答起。

「你寫的金陵福故事是不是邱先生說的？」摩瑟厲聲質問，「未經過金陵福的同意，我正打算向其他報社指責你胡亂報導。」

嚇不到人，大約翰當記者五年了，被類似指責威脅過幾次，他習慣了。

「金陵福可以假裝沒見到你的報導，條件是你找到程連蘇劇團的中國女人了嗎？」

他們為何急著找小青？

大約翰什麼也沒說，他不想把見過小青的事告訴金陵福，沒有原因，就是不想。

轉去另一間劇場，程連蘇的劇團顯得士氣高昂，新的海報貼在大門旁的櫥窗內：《殺死程連蘇》。海報上的程連蘇仍如以往打扮成中國將官，四名拳匪舉刀刺進他的身體裡，程連蘇露出痛苦的表情，而海報上到處是血跡。

當警察訊問金陵福是不是拳匪的同時，另一組警察圍在程連蘇的化妝間外，因為海報太過血腥，倫敦市政府覺得不妥，要求程連蘇取下海報。程連蘇拒絕，珍妮以憤怒發抖的嗓音說魔術表演是藝術，不該受到干預，況且終歸是魔術，到時舞台上的血跡絕對比拳匪金陵福在中國殺的教民少。

幾番溝通，最後程連蘇同意把血跡塗黑，警方算有了面子才退走。

警察走了，觀眾來了，他們聽到消息，魔術師把自己當成拳匪的刀靶，光看海報便令人掏錢買票。

出人意料之外的，程連蘇先表演《空竿釣魚》，金陵福拿手的魔術。

照樣是竹子削成的魚竿，程連蘇勾上餌，魚線甩得在所有觀眾的頭頂上連轉十幾圈，不知什麼時候，魚鉤掛了條彈跳的大魚，比金陵福的大上幾倍。掌聲中，程連蘇解下魚放進玻璃水缸，透過玻璃，魚顯得更大，睜著好奇的大眼珠看前面鼓譟的觀眾。

為什麼表演金陵福的《空竿釣魚》？表示他也會同樣的魔術，向金陵福提出的一千英鎊挑戰？

金陵福裝魚的是他平空變出的水缸，程連蘇沒變出水缸。

程連蘇撤下繡金龍的大黑布，看著布與魟往下沉，掀起布，偌大的玻璃魚魟不見了。程連蘇不理會場內的掌聲與喊聲，他一再將布往上扔，動作加快，連續的扔使繡在布中央的青龍宛若活生生的龍，張牙舞爪一上一下的飛騰。

他收起布往地板一擲，再拿起時，舞台出現大銅盤，與一尾以竹籤固定頭尾，像仰首擺尾燒成金黃顏色的大魚。

大約翰不能不懷疑這是小青的傑作，也許瞎眼中國老人在後台燒的。愈看愈覺得程連蘇的魔術藏著小青的影子，甚至聞得到那晚在萊姆豪斯的醬油味道。

隨即新戲碼《殺死程連蘇》登場。前半段，法蘭克與其他扮演拳匪的助手追殺傳教士，程連蘇出面阻止，被拳匪以卑鄙手法，用石灰迷了眼喪失抵抗能力的逮住。聽見全場噓聲，程連蘇真的挑起五年前拳匪殺死教士與教民的舊恨。

下半段，拳匪推出綑綁在木棺內的程連蘇，水仙哭著追來，慘遭拳匪拳打腳踢。無論哪個劇場也不能禁止酒鬼進場，舞台下傳來喊聲：

「活埋他。」

「射死他。」

「剁一千刀。」

法蘭克立起木棺，釘上棺蓋，他抽出長劍，一劍一劍插進木棺側面，足足插了十把劍，即使擅長脫逃術的胡迪尼恐怕也躲不開，更別說還得先解開綁在身上的繩索。驚叫聲隨著最後兩把劍劍尖上的鮮血響起，水仙奮不顧身推開法蘭克，抓起起子敲打棺蓋。法蘭克得意的抽出每把劍，推倒水仙，他打開棺蓋，程連蘇從裡面跳出，繩索落在他腳下。

程連蘇演出自己風格的脫逃術。

觀眾忙著討論魔術的秘密，大約翰則寫下他的評語：

魔術師變成助手，原為助手的法蘭克反演起魔術師的角色，程連蘇究竟想表達什麼？讓人們更加痛恨拳匪？

程連蘇展現他柔軟的骨骼和精密計算的機關設計，未出意外的躲開每把劍，劍尖沾上番茄汁固然驚嚇某些觀眾，卻未免多餘。

當觀眾期待他演出《空手接子彈》時，沒想到演出的是《殺死程連蘇》，雖然是新的戲碼、過程聽見劇場內不時響起驚嚇的尖叫聲，但它仍無法取代《空手接子彈》。明知能贏回被金陵福奪去的名聲，程連蘇為什麼不演《空手接子彈》？

下午大約翰坐在酒館的吧檯，面前是高高一疊的炸魚與薯條，他手裡握著大杯啤酒，來不及喝，有人拍了他背心。

「寫得不錯。」

是摩瑟。

「金陵福要我轉告你，既然是邱先生對你講的故事，不論真假，他不追究，他和邱先生很熟。」

「邱先生是他的師叔。」

「他這麼說的嗎？」

「金陵福不在意我寫的故事？」

「說實在的，約翰，我看不出怎麼阻止你寫下去。」

「程連蘇演出金陵福的空竿釣魚，金陵福會付他承諾的一千英鎊嗎？」

「學會一半，不算學會。」

大約翰忍不住笑了。

「少了大缸飛水。」

摩瑟沒正面回答，他嚴肅的看著大約翰，很久才轉開向酒保要杯啤酒。

「程連蘇一心只想誣賴金陵福，你身為記者，有為金陵福澄清的使命。」

「謝謝。」

「給你一個建議，我們當然知道在棺材底部畫上兩腳的位置，平穩的站在位置上自然能躲開劍，你何必寫得過分清楚？揭露魔術師的秘密，等於寄出失業通知。我雖然和程連蘇站在不同陣線，畢竟同行，得替他說幾句公道話。」

大約翰有如被敲了記悶棍。

摩瑟大口喝乾酒，逕自離去。

魔術師的秘密，大約翰想起過去幾個表演過危及自身安全的魔術師，他們的秘密或多或少被公開過，為什麼觀眾仍喜歡看？難道因為危險？比砍人頭更危險？金陵福不同，大缸飛水、魯班的木鳶、邱先生講的入壁術，他玩的是另一套謎樣的魔術。相較之下，金陵福顯得優雅，程連蘇則未免過度華麗。

有個東西卡在大腦裡，快抓到它，又抓不到。

走出酒館，他慢慢踩著路面的積雪，也許寒冷對他的大腦有幫助。

無意間走到帝國劇場前，站在金陵福的海報前，抓到了，程連蘇的魔術，他多少能找出類似的印象，可是金陵福的卻與過去所熟悉的戲法不同，無邊無際的困惑。

難怪金陵福在美國贏得很高的名聲。

腦子再一轉，程連蘇呢，會不會也曾經待在美國？

小青提過，她在美國流落街頭，救她是程連蘇。既然程連蘇曾待過美國，為什麼沒有任何新聞顯示他的演出？莫非他當時沒沒無聞，只是個小魔術師？他不應該問美國的記者同業，應該問排秀的經紀人。

大約翰加快腳步奔進電報局，簡明的寫上程連蘇的特徵和表演的內容，寄往大西洋對岸。

電報發出去的同時，程連蘇撕爛《周日派送》，拿起斧頭重重將木棺剁得粉碎。必須創造新的表演方式，以前那套不能滿足現在觀眾的要求了。

水仙倚著景片後的支架，看著捧魔術棺離去的小青。她抽出襟口的手絹碰碰嘴唇，轉身呼喊錄事員，猜程連蘇又要更改戲碼了。

三個小童沒發現小青的離去，天氣實在太冷，他們聚在角落圍著煤爐取暖。

小青沒坐馬車，她戴頂大帽子頂住風，幾個跳躍便過街閃入暗巷。

路上不見幾個行人，小青踏雪前行，雪面留下的不是腳印，是腳尖印，沒多久到了查令十字路，轉進另一條小巷，紅色燈籠搖曳在風中，邱先生的雜貨店沒有打烊的時候。

邱先生跳上檯子高舉右手：

「今天不收你的錢，嘖嘖嘖，背叛我的原則。不過人活得久了，都背點人情債，還或不還的差別而已。」

大約翰忍著痛任由邱先生以光滑的水牛角板在他頸後刮。

「別哭喪著臉，這叫刮痧，把你體內的毒刮出來。約翰先生，你既晨昏顛倒，拿啤酒當食物，怎能不全身的毒。說說，最近什麼事讓你費心，搞得印堂發黑，經脈錯亂？」

大約翰疼得咬緊牙關。

「你們洋人遇病就放血，排出身體裡的汙穢，中國人講究順氣，既釋放雜氣，也調整精氣。」

說著，三根針插進大約翰的背心。

邱先生像匈牙利的飛刀手，左手牛角板、右手指間夾另外三根針蹲在檯面貼著木椅子內大約翰的苦臉。

「程連蘇和金陵福槓上了？」

來不及回答，三根針插進大約翰的鼻翼與鼻頭。邱先生手上多了個金屬盒子，裡面裝滿細長的針。

「友人請託，我還她的債，可沒欠你人情過，交換條件，約翰大記者能否試試說服金陵福別成天對程連蘇叫陣，如果成，點頭，如果不成——」

又兩針分別扎在大約翰眉心。

「我姓邱的從來不求人，這回不得已，小青提的。」

大約翰睜大眼。

「看看你，聽到小青的名字像聞到花蜜的蜜蜂。男人，若是把持住，過了女人這關，海闊天空唷。」

邱先生兩手晃動，大約翰數不清他臉上已經有幾根針了。

「我沒有立場。」大約翰小心的開口，以免臉部肌肉牽動銀針。「金陵福向程連蘇挑戰，程連蘇回擊，他們的魔術一天比一天精采，觀眾看得過癮，我的報紙賣得比往常好。」

「所以大家都賺錢？」

大約翰點頭。

鼻尖前的縮水人頭轉動眼珠，轉得很快，轉得大約翰頭昏。

「懂了。看他們魔術的人多，其他魔術師不能不找新花樣，我的新道具可以抬高價錢。看魔術的人多，報紙得請人寫更多魔術的故事，你拿英鎊找我問故事，我又賺到錢。看的人愈多，你寫的愈多，買道具的人愈多。」

縮水人頭竟然笑得五官擠在一堆。

「我賺得更多。」

邱先生朝大約翰眼角也扎進針。

「所以我理當不管小青請託的事，只管賺錢。你不停的寫稿，賺得油水直流。其間只一個人吃虧，犧牲她，成全許多人划算。」

他拍拍兩手：

「好，繼續讓他們兩個魔術師鬥嘴。」

說著，邱先生跳下檯子不知去向，大約翰依然不敢動。

「我臉上和背上的針，邱先生，針。」

「針什麼針？」邱先生提小炭爐與小鐵鍋重新跳回檯子。「針幫你祛毒，怕我戳死你？你死了，誰付英鎊買金陵福的故事。」

「小青對你說什麼？」

「她說，如果金陵福繼續鬧下去，程連蘇也得鬧，眼看她在倫敦沒有容身之地，於是找上我，至於我呢，當然找你。」

「她怎麼辦？」

「不用替她擔心，我認得的小青，不會給小事難倒。對了，空手接子彈真吸引觀眾？」

邱先生又轉起眼珠子，任由十多根針繼續插在大約翰身上。

會下棋的土耳其人　The Mechanical Turk

「生意上的機密？約翰先生，向我買道具的魔術師的確不少，可是不能告訴你。原則，原則，尤其被你們記者寫了，我對不起買家。」

邱先生照例戴著兔皮帽盤坐在桌後的高凳子，儀式般取出一根細香，插進小銅爐，點上火，馬上室內飄起清香味。

「年紀大，冷天懶得洗澡，沒錢買巴黎香水，點炷香應付麻煩的客人。」

兩手籠在袖內，邱先生瞇著豆眼看大約翰。

「你不是麻煩的客人，是尊貴的客人。除了我的機密，今天想問什麼？聽說你們報紙這幾個星期賣得好，很賺錢？」

他又比出數鈔票的手勢。

主編決定增加四頁寫金陵福的生平故事，上市即被搶空，酒館內的老酒客追著約翰問：他到底是不是拳匪？

「還是想問拳匪？」邱先生誇張的嘆口氣，伸手捏鬍子。

「不急。約翰先生，看看我的新發明去，說不定比金陵福的故事更有趣。」

邱先生跳下椅子往後面走，大約翰跟著。

店後是另一間房，原來以為邱先生住在後面，沒想到是工作室，沒有窗戶，賴幾盞煤油燈照明，光線微弱，半個人高的陰暗人像立在一堆木屑中。

室內掛滿、擺滿各式各樣的東方雜貨之外，竟有許多魔術用的道具，而令大約翰瞠目結舌的是個假人與棋盤。

「土耳其人？」

木雕的假人穿土耳其式的繡花大袍，頭上纏著厚頭巾，要不是僵硬的臉孔與沒黏準位置的鬍子，大約翰還真看不出是個假人。

「昨晚剛完成。」

大名鼎鼎的土耳其人，原名土耳其機械人，上個世紀哈布斯王朝貴族坎比倫的發明，號稱世紀最神秘的魔術。扮成土耳其人的機械人坐在木製的棋桌後面，上發條後能和真人下棋，據說從未輸過。

「我做的比原來的更好吧，你看，眼睛會轉。」

不知邱先生拉動什麼地方，土耳其人向大約翰點頭，眼球上下轉動打量他。

「想不想知道秘密？」

當然。土耳其人曾和拿破崙下過棋，氣拿破崙作弊，在皇帝面前把棋子全掃倒。邱先生自己做的？

「來，你仔細看。」

打開棋桌下的三扇門，裡面盡是齒輪與鐵絲線。

「我用的齒輪比當初坎比倫做的至少多三倍，所以機械人更靈活。」

說著，邱先生伸手進桌底轉動幾個輪子，土耳其人左手拿起一枚棋子，再舉起右手要和大約翰握手。

「坎比倫的土耳其人只能用左手下棋，我做的兩手能同時做出不同的動作。約翰先生，請勿失禮。」

大約翰回神的握住土耳其人木製的手。

「真是你做的？」

邱先生吹動他軟軟的稀疏鬍子：

「懷疑我？坎比倫的土耳其人早在五十年前就被火燒了。當然是我做的。」

「太奇妙，太奇妙。」

大約翰兜著土耳其人看其中細節。

「你怎麼解開土耳其人的秘密？」

一個世紀來多少人研究坎比倫的土耳其人，大部分相信棋桌下藏了個會下棋的小孩操作機械和真人對弈，最有趣的說法則是坎比倫在俄羅斯救了戰爭中失去雙腿的波蘭軍官，剛好可以藏進棋桌內。

邱先生轉緊發條，機械人開始一連串的動作，拿棋、擺棋、伸手指。

「我跟他下一局。」大約翰愈來愈興奮。

「約翰先生會下棋？」

「會，前幾年靠下棋才沒有餓死。」

「可惜呀可惜。」

邱先生直拍腦門。

「可惜什麼？」

縮起手腳，邱先生已經鑽進桌底的齒輪之間，他的頭頂著天花，兩腳縮至胸前踩兩個齒輪上的踏板，兩手抓木製的柄。棋桌根本按照他身材打造的。

「坎比倫表演前先打開桌門讓大家看裡面的齒輪，你這樣已經穿幫了。」大約翰不以為然的說。

邱先生拉上和桌內木頭顏色相同的布幕，他不見了。

換大約翰拍腦門，怎麼沒想到，和程連蘇的《特洛伊木馬》同樣手法。

邱先生鑽出來。

「觀眾看見棋桌下的齒輪，操控者卻藏在土耳其人的下半身，戲法的關鍵在於此。我在裡面拉線控制土耳其人，透過折射鏡從土耳其人的眼睛看外面，約翰先生，我使百年無人能解的神秘土耳其人復活了。」

「什麼時候公開表演？」

邱先生搖頭：

「我不會下棋，你會下棋，不幸太大，藏不進去。」

他捏捏大約翰的腿，再跳上棋桌與大約翰比身高。

「要是能把你縮小一半就好了。」

重製土耳其人，卻沒有可以藏進去下棋的棋手。

「本來想賣給金陵福，齊朵會下棋。」

「她很小，可以進去。」

邱先生張牙舞爪的跳下：

「她會下棋，會下中國棋，不會你們洋人的棋。」

「果然可惜。」

「胡迪尼呢？他不高——」

「太壯。」

沒錯，胡迪尼全身肌肉，進狹窄的棋桌也許高度可以，寬度不行。

「胡迪尼太愛出鋒頭，絕對不肯躲在棋桌裡不露出臉孔。」

「怎麼辦？」

邱先生在屋子內繞圈子，繞得很快，大約翰從來不知道邱先生猴子般的靈活，如果他改行當魔術師，說不定倫敦可以有場三個中國魔術師的戰爭，更轟動。

好不容易見他停下，滿是黑垢的食指指甲指著大約翰的鼻頭：

「你幫我賣。」

「我？」

「對，你人頭熟，如果賣成，我分你百分之十。」

大約翰沒回答。

「百分之十五，最多二十。」

「沒有戰場的武士。」大約翰自言自語。

「誰說沒有戰場？」

邱先生彈起兩條腿，一直彈，無論怎麼彈也到不了大約翰的下巴。

「兩隻手都能動的土耳其人，偉大的發明。」

「邱先生，不是發明，是重製。」

「誰說重製？」邱先生彈得更高，兔耳朵上下擺動。「你看過坎比倫的土耳其人嗎？我看過嗎？既然沒看過，怎麼重製？發明，發明，發明！」

大約翰聳聳肩。

「可惜你不是魔術師，不然一定打敗程連蘇。」

邱先生沮喪的坐在土耳其人的懷裡，輕撫垂至紅袍腰間的假鬍鬚：

「誰在乎程連蘇，我要打敗的是金陵福！」

大約翰張大嘴，邱先生開口罵：

「蛤蟆，閉起你嘴。」

總算略為平靜，他們坐回店內的櫃檯，邱生從桌上拎出一只鶴嘴壺，舉起便喝。

「三十，最多百分之三十。」

大約翰摸出口袋內擠成一團的幾張票子放上桌，邱先生抖抖稀疏的幾根鬍子，唰，錢被吸進他袖口。

「賣出土耳其人之前，恐怕得靠出賣金陵福賺點茶錢。」
「你是他師叔，一起經歷過生死。」
「又怎樣？以為我是他的助手，要我幫他做道具，給的錢沒你多，不出賣他出賣誰。」
「木鳶是你做的？」
「秘密，秘密，要我說幾次你才懂！」他吼，「揭穿魔術的秘密，所有的樂趣都被破壞，你想讓大家進劇場上數學課、物理課？大家要的是快樂！」
又失控了。
邱先生從桌下拎起鐵壺，倒出黑水似的中藥汁。
「藥材錢你付，我必須平靜我的靈魂。」
大口喝下黑水，邱先生不時伸出舌頭吐出蛇的聲音：
「嘶嘶嘶嘶，我平靜了，平靜了。」
他將藥碗遞給大約翰：
「敬你的靈魂。」
不好推辭，大約翰假裝喝了一口。
「你來找我是為了什麼事？」邱先生收回碗，「你付了我的藥材錢嗎？」

「付了，在你袖子裡。」

「我做生意一向講求信用。」他的手從袖內伸出，再伸進鼻孔。「關於金陵福是不是拳匪，另一個故事，在中國山東冠縣的小村莊。窮啊，約翰先生見過窮嗎？窮到地長不出農作物，黃色大地配上乾涸多年的枯乾樹枝，每根樹枝伸向天空，向老天爺祈禱一點點的雨水。你們西方的傳教士最喜歡這種地方，每個人奢求希望，不管來的是什麼顏色皮膚的上帝。」

成千的鄉民圍住天主堂，前面一圈是短打裝束的鄉團拳民，後面跟著持鋤頭、菜刀、長短棍的農夫。圍得緊呀，天主堂大門深鎖，牆上露出幾個探頭探腦的教民腦袋。

我陪老耗子去的，他在天津闖出字號，一八六〇年簽的《北京條約》，天津成為西洋各國通商的口岸，幾年功夫，租界裡蓋起洋樓，市況熱鬧，老耗子就地開場表演他拿手的戲法，賺了點錢。小嗑巴命大沒餓死，幫忙敲鑼打雜。他伶俐，老耗子拿當兒子，什麼把戲全教，小嗑巴學得快，長大後接下不少天津的場子，老耗子落得清閒，四處交朋友。他愛熱鬧，愛被人捧著。

山東冠縣的玉皇廟。高麻子在廟口等我倆，見面急著拉老耗子進廟，非得要他想法子弄點戲法。

玉皇廟祭祀的是玉皇大帝，地位和你們洋人的上帝相當。中國人信的神多，玉皇老子坐中間，關老爺和觀音菩薩居兩旁。論起來玉皇大帝地位最高，不過民間信關老爺的多。

老耗子在廟內轉了十幾圈，他朝我說：

「撿場，你瞧該怎麼請關老爺下凡幫我小兄弟的忙？」

撿場是中國戲裡收拾舞台的人，穿黑衣服，免得惹觀眾注意。久了，觀眾明明見個黑衣人在台上搬這弄那，全當看不見。撿場是空氣，似存在似不存在。

老耗子的班子小，舉凡道具、現場演員調度、一天三餐飯，歸撿場，鋒頭由老耗子和他徒弟小嗑巴出。我他媽不是親娘養的，狗屁倒灶的，我一手攬。問我能不能也露兩手魔術？當然能，看多了自然會，何況後來小嗑巴搞出新的道具全由我一釘一鍾的做，他們師徒怕洩密不敢託付外人。

鄉團的高麻子計畫打進教堂，知縣大人得到消息，嚴令禁止，派師爺領著差人盯著，老百姓不敢下手。高麻子特地跑到天津，請我們變個戲法鼓動鄉民跟隨他硬上，所以戲法得大。

鼓動民眾得有方法，用說的不行，鄉下人不聽大道理，要是請得神明開口，縣太爺、知府大人，連拿上方寶劍的巡撫大人也攔不住。

我對老耗子說，方法有，怕對關老爺不敬。他沒說可，也沒說不可，咳了幾聲嗽，意思是交給我搞定。

第二天太陽才露了影，高小麻一夥幾百人跪滿玉皇廟前的空地，請玉皇大帝派關老爺出馬平妖降魔。香燒了，頭磕了，眾人跪在廟前動也不敢動，個個等關老爺的回信。

說也奇怪，二月天，既沒日頭也沒起風，關老爺額頭冒出汗水，接著流出眼淚，高麻子高高捧起泥巴捏的神像：

「關老爺子為我們擔心，為我們哭，鄉親們，掀了教堂，毀了鐵路，把洋鬼子全趕回西洋國。」

就那天，一八九二年，老耗子做的主，我想出的點子，在山東鄉下玩了場戲法，高麻子燒了教堂，殺了教民，若說義和拳，大抵如此這般從山東揪到河北、天津。各地團練各有名號，最後統一稱為義和拳。

我變了什麼戲法咧？我的專利，不侵害其他魔術師的飯碗，偷偷告訴你，約翰先生，關老爺神像泥捏的，深更半夜我三跪九叩求他人家成全老耗子交代我辦的事，保證事後重塑他金身。泥巴比木頭難對應付，稍不小心能把神像全砸成泥灰，我拿鋸子一分分的往下鋸，切下他老人家的冠冕和半個腦袋，重新捏了個上漆，天明前安上原位，裡頭藏了冰。

接下來你全懂了，第二天大夥求神，我朝關老爺子神像前前後後插滿蠟燭，天凍，新塑的腦袋厚了些，等了大半天才化出水。

義和拳愈鬧愈大，幾個頭子，紅燈照、張天師、西王母，見到老耗子和我沒有不行禮的。老耗子有吃有喝，成天銜桿煙到處閒逛，我看出事情不對頭，洋人的軍艦大炮轟得朝廷六神無主，山東巡撫毓賢怎麼可能任拳民燒教堂、殺教民？沒道理。

勸老耗子回到天津，幾個洋人見小嗑巴功夫了得，請他去美洲表演，老耗子點頭同意，這是為什麼金陵福去了美國的緣由。

金陵福那時的本事，青出於藍而勝於藍，老耗子的他全會，還從洋人那兒學到點洋本事。大缸飛水不是老耗子教的，呸，媽的小子聰明，自己玩出新名堂。

張天師領個叫曹福田的拳民求到天津，非老耗子出馬擔任護清神授剿洋滅鬼大軍師不可，老耗子沒答應，礙於人情面子，叫小嗑巴當場演練炮彈飛人，唬得拳匪頭子個個眼珠子沒差點掉地。

你可以查查，義和拳避槍炮咒。我還記得：

「弟子在紅塵，閉住槍炮口，槍炮一起響，沙子兩邊分。」

猜猜誰編的？小嗑巴沒這天分，我！別看一個大字不識，編幾句數來寶難不了我。

胡謅的，他們當真，以為老耗子真有刀槍不入的法術——中國人分不清法術、魔術，不都是變戲法嘛。

愛逞強，場面弄大從何收拾？小嗑巴上洋船走了，老耗子被逼得再出江湖，演練過幾次，像是把個人從這輛車弄到那輛車、一撒神灰頓時男人無論講話走路變成仙姑模樣，差對像樣的奶子罷了，驚得義和拳以為老耗子練過仙術。老耗子要是玩得興起，念句咒、燒張符，一串小拳民隨他擺弄，湘西老鬼模樣挺著跳著。

總之，老耗子叫人唱歌，人便唱；叫人跳舞，人便舞。

「湘西老鬼？催眠術。」大約翰忍不住打斷邱先生的故事。

「你明白，金陵福明白，程連蘇和胡迪尼也明白，中國鄉下種田的哪明白。當初要是請了程連蘇去演空手接子彈，你看唄，義和拳更相信他們有鐵布衫、金鐘罩的本事，刀槍不入了。」

「拳匪鬧事的幾年金陵福不在中國？」

「不在。」

「外面說他特地回了中國一趟。」

「日後的事，不是為拳匪，為老耗子，父子之情，師徒之義。」

說著，邱先生從袖子內摸出兩枚白乎乎、熱騰騰的東西，分給大約翰一個。

「饅頭，中國人祭河神用的，原本該用人頭祭，咱諸葛孔明先生用麵團包肉蒸出饅頭裝成人頭扔進河，戲法，河神給他耍了。

「說得肚子餓，吃。對了，約翰先生，你說用饅頭替代人頭算不算人頭？程連蘇在舞台上一天砍三個人頭，金陵福不比他少，不也都饅頭人頭？」

大約翰望著手中印著黑指痕的饅頭，原來是人頭，該吃不該吃？

山東巡撫毓賢上書西宮太后，說拳民保清愛國，民氣可用，太后下旨，要毓賢證明拳民真有本事。又輪到老耗子出馬，他得在濟南府對毓賢表演一套戲法。各地拳民，十八路英雄好漢開了場大會，無非研究如何讓毓賢看得心動。我隨老耗子去，沿途拳民護送，頓頓大魚大肉招待，吃得皮包骨一輩子的老耗子，也能挺出個小肚皮。

吃人的嘴軟，十八路英雄覺得朝廷不肯用拳民對付洋鬼子，無非擔心餉、糧開支浩繁，曹福田認為既然拳民來自各鄉團練，糧食自有各地鄉民供給，不必朝廷花一兩銀子。他們是義民，更不用關餉。

連我和老耗子安排的戲法，也一兩銀子也沒領到。

你看看，人人變魔術，義和拳那幫子替朝廷變出一支不用糧不用餉的打洋人隊伍，老耗子替他們變出唬人的刀槍不入戲法，中國人上下一心富國強兵，唯一漏算一點，洋鬼子不是買票進場的觀眾，他們是來拆戲台的。

為了說服毓賢，老耗子玩名頭唬死人的把戲，沙鍋照。拳民一團幾百人，每天兩餐得吃掉多少斤米麵？

濟南府前擺了五口大沙鍋，十個人負責一口鍋，燒水煮飯。老耗子一輛車運來一箱白米，往鍋裡煮。估計一口鍋需要十箱米，說也奇怪，那口箱子的米取之不盡，用之不竭，五口鍋的飯煮熟，箱內仍是滿滿白米。

毓賢吃了碗飯，吃得笑瞇瞇，笑得眼珠子沒了，下令快馬送剛煮出的白米飯去北京向老佛爺請功。

這把戲你們英國人叫啥？

「Tricked tray？」大約翰說。

「戲法盤子吧。」邱先生再啃口饅頭。「得回頭說我們祖師爺左慈玩的戲法，叫搬運法。」

三世紀，中國有個大官叫曹操，領一百多人到郊外走春，中國文人講究情境，有景當然得有酒有肉，便要隨從的魔術師左慈準備大家的膳食。左慈帶去酒一升、乾肉一斤，光你我兩人講幾個故事下下酒不就吃光，哪能供一百多人。說也奇怪，左慈為每個人斟酒，在每個人面前分肉，人人有酒有肉，吃得脹肚皮、醉醺醺。

曹操愛追根究柢，左慈明明只帶來一升的酒和一斤的肉，怎能平空變出上百斤的酒肉？他派人到周圍搜查，才知道附近幾家酒店的酒和肉都不見了。

老耗子玩起祖師爺左慈的老戲法。

馬車上擺著一石米的木箱，取出米倒進第一口沙鍋，空箱由老耗子作法，蓋了蓋子拿塊布往上罩，布掀起，開了蓋，箱內又是一石白米。

說穿了不值一便士，馬車貨台的板子上面一口木箱，下面一口木箱，老耗子放下布，我躲在車下，轉戲法盤子，把另一口裝滿米的木箱翻到車上，掀起布，木箱又滿滿是米了。

別嫌戲法老套，可花我不少心思親手釘的。老耗子老實，曹福田不給銀子，他認命，我不客氣，轉手扣下不少米，發了筆小財。

人不愛財，天誅地滅。

魔術可愛之處在此，跑趟濟南，煮出幾鍋白米飯，毓賢高興，曹福田的十八路好漢高興，老耗子風光，我悶聲大發財。你說說，誰吃虧了？

老百姓？沒錯，他們供了米，可是他們也高興，因為義和拳扶清滅洋，從此村子裡的玉皇廟不必擔心被傳教士拆掉建教堂。

北京來了旨意，義和拳從此奉旨滅洋，三大目標：斷電線、拆鐵路、殺洋鬼。老耗子更忙，到各地演練神術，沒想到有個人盯上我們，還是女的。從濟南府起，她騎匹驢跟在我們車後，老耗子性子急，停車問女人到底想幹麼？

她是練玉真劍法的女俠，與老耗子敘了家世、師門，原來老耗子算她的師叔。對了，她名字叫傅霜，金陵福口裡的小青。

「原來你早認得小青。」

「中國人四萬萬五千萬，《辛丑和約》上明白寫著。在倫敦可就僅僅幾百個，誰能不認識誰？」

「金陵福也認識小青，他要我打聽程連蘇劇團的小青，他們是什麼關係？」

邱先生不回話，低頭撥他算盤珠子。

大約翰懂，沒錢了，可是他急著想知道內情。

「好吧，照例，老顧客，送二兩逍遙散養肝健脾，祛除胸中惡氣。」

小青不多話，跟在我們車後，到一地有一地的拳民接待，她始終站在一旁。有天車子進了直隸，當地的大師兄一線天是個練家子，對老耗子不講江湖禮數，他說對付洋人沒那麼麻煩，糾合人馬埋在領事館外，趁天黑，嘩啦啦衝進去揮刀子一陣亂砍，憑幾桿洋槍，洋人應付得了東邊，擋不住西邊。洋船有大炮，但洋兵得上陸，到時照殺。

一線天練出幾百名徒弟，天天舉石鎖、耍長槍，挺像回事。老耗子見話不投機，要我駕車回天津，他年紀大，愛人捧卻怕煩。一線天不放人，擺下好大的場子要見老耗子真本事。

若說一線天想請西王母下凡，或是和關老爺說上幾句貼己話，難不倒老耗子，偏一線天要老耗子演練擋子彈、避砲彈。如果程連蘇那時在，保證他名震江湖。

聽過鐵布衫吧，中國武術，內修一口氣，外練一身鋼，練成後刀槍不入，一線天要他幾個徒弟先演，刀砍背心，別說血，連刀痕也沒。長槍刺喉，槍身彎了仍刺不進喉嚨。程連蘇團裡的法蘭克赤腳踩刀山換湯不換藥，相同道理，難不了人，不過總不成要七老八十的老耗子下場比畫吧。

「猜對了，老耗子演過《空手接子彈》。當著幾百名拳民的面——喂，我得強調，大部分的拳民是太平天國叛亂時奉皇旨於家鄉練拳保家的善良百姓，其中有些成了拳匪，可不是每個拳民都是匪。

「鄉團？農閒之餘，農民聚在曬穀場練拳練身，和你們英國人進健身房打拳的意思一樣。追究源頭，和太平天國脫不了關係，長毛賊打得官軍無還手餘地，朝廷便下令要地方練兵，每個鄉集合少壯鄉民練把式，萬一有戰事，縣太爺派個官領兵，鄉民由鋤頭改拿長矛，現成的軍隊。」

老耗子答應一線天，第二天表演《空手接子彈》。他花幾口唾沫，我忙一夜，把真槍改成戲法槍，小青幫我忙。

我第一次見到洋槍，搞不清其中道理，小青見識廣，試射幾次，我明白了，洋槍無非火藥、彈丸裝進空心鐵管，用打火石點燃引線，火藥在槍膛內爆開，把彈丸射出去。凡事得先搞通原理，花腦筋弄點變化。

天剛亮，一線天的徒子徒孫將曬穀場重重圍了十幾圈，老耗子仍那副死德性，抽足鴉片煙懶散的出場，我和小青左右門神護著。

本來我開槍打老耗子，臨上場手腳發軟，唉，所以我當不成魔術師，認命了。小青一把接過槍，她將槍和彈丸交給一線天檢查，姥姥的，一線天朝彈丸沾了雞血狗血，說是破邪符。

沒法子，人多勢眾，老耗子講的話得算數。

我幫小青扶穩槍，她填火藥、填彈丸，拿通條塞緊火藥、塞進彈丸。

老耗子見一線天非要他當活人靶，一愁，煙癮犯了，路走不穩，沒兩步塌了。從沒見他龜孫子樣。

我扶不動，一線天的兩名徒弟架起老耗子立在旗桿前。夠狠，周圍十多名大漢看囚犯似的，一線天不讓他再抽一口，罵他花銀洋抽大煙，賣國。

本來該小青開槍，一線天，鬼呀，臨開槍前上來攔住小青，他要開。你說天底下有這麼不要臉的人嗎？老耗子和他第一次見面，得罪他嘛，非置老耗子於死地不可？人，心存厚道，山不轉路轉，不給別人留退路，再見面就難看。

小青本來不肯，掙不過一線天。

一線天舉槍瞄準老耗子腦袋——我說的是腦袋，他存心不想老耗子活。曬穀場一點聲也沒，早起的老公雞、老母雞、大黃狗，誰也沒敢吱個聲。一線天扣下機括，砰的打雷似的，老耗子頭一歪，以為他給彈丸打中，我沒見到血，正狐疑不定，沒想到老耗子回過神，嘴巴張開呸的一聲，從嘴裡吐出彈丸。

嘿嘿，一線天自己驗的貨，彈丸上有他紅血畫的符。

叫好聲貫徹雲霄，鄉下小子誰見過空口咬子彈的本領，服呀，我看每個人打從心裡服氣，老耗子勝過他們大師兄千萬倍。

輸了認帳，一線天好大的塊頭，比娘們心眼更小。他不甘心，打了赤膊往場中一站，要老耗子試試他的鐵布衫，他也擋得住子彈。

玩笑開大了，拿槍朝著他開，不馬上讓他鐵布衫成了破布衫。

老耗子不想惹事，不肯開槍。

拿鋤頭種地的，腦子也和鋤頭一樣鐵，不懂老耗子放他活路，偏削尖腦袋往死裡鑽。

我的氣力來了，拿過槍說我來開。老耗子不鬆手。好吧，由他。

小青跳出來，她乾脆，叫一線天不必麻煩，比比真刀真槍。一線天，七尺高，橫眉豎目，身體練得結實，像塊從泰山千挑萬選劈出來的偌大岩石。女人家向他挑戰，不好說不，他說空手領教小青的劍。

我忘不了那場比試，小青二話不說，舉劍便刺。她耍劍，聽得到劍風，看不見劍鋒。快，兩三下已經戳得一線天身上七、八個蚊子叮的紅斑。約翰先生，中國劍術講究收放自如，小青明明能一劍捅了他，手下留情才點到為止。誰知一線天面子掛不住，火了，抓起紅纓槍和小青殺得非你死我活。

一線天力大，小青輕巧，若是在千軍萬馬的戰場，小青討不到便宜，但兩人捉對廝殺，一線天吃虧。小青的人影兜著一線天的槍尖轉，找著一線天的罩門，一手抓住槍柄，兩腿朝前一躍，劍便架在一線天碗口粗的脖子上。

狗屎蛋的鐵布衫，一線天尿了褲子！

「遠在中國的老耗子先生也玩過空口接子彈？太意外。」

「寫進你文章，別老狗眼看人低，中國人除了抽幾口鴉片，朝廷裡坐個成天撒銀子蓋圓明園的老佛爺，日子苦不代表無能！」

「我沒看輕老耗子先生的意思。」

邱先生沒聽大約翰的話，兩眼難得的炯炯有神：

「約翰先生，小青的劍法出神入化，我想如果她上舞台，叫程連蘇嘴裡咬顆蘋果，小青能快劍如閃電，將蘋果削下皮，不碰程連蘇一寸汗毛。」

「神。」

大約翰想起小樓裡的女人，白嫩的手舉起筷子夾起魚肉送進小小的嘴。

「小青呀，謎樣的女人，我一直弄不清她到底追求什麼？人嘛，日出而作日落而息，忙碌一生所求不出名與利，你約翰先生大記者，求我講故事，無非刊上報紙圖個名，我這把年紀，窩在倫敦開家小雜貨店，圖的當然是利。金陵福與程連蘇，先有名，名氣大到某個程度，跟著自然有利。小青姑娘呢？她不肯上台表演，寧可幫程連蘇取得名和利，也許程連蘇給她點小利，如此就滿足？」

邱先生搖頭嘆氣，又從桌下摸出一管手掌長的旱煙。

「來口煙？」

他逕自點火抽煙。

「女人家，可能找個男人比眼下名利重要，她年輕時不要男人，現在怎麼可能期待男人？不懂她。」

「小青說她流浪美國，程連蘇收留她。」

「她跟你說了不少話嘛。」

大約翰覺得臉皮發熱。

邱先生沒看他，縮成一團的臉孔藏在煙後面。

「別跟她走得太近，她不想傷人，人自傷。」

「什麼意思？」

「男人見到她不是失魂就是心亂，你，不過見她一次，已然失魂。失魂頂多身體空了，再下去是心亂，身體內的五臟六腑亂了位置，要人命。」

「金陵福和她什麼關係？」

「哎，金陵福叫她師姐，又是另一個故事。」

忽然邱先生將煙頭往檯面一敲：

「約翰先生，今天的生意賓主盡歡，你有題材可寫，我有英鎊可拿，希望能在不久的將來再見到你大駕光臨。別忘記土耳其人，我大方點，事成分你百分之三十。祈求土耳其人打得金陵福沒了志氣，出我幾十年來的一口悶氣。」

大約翰腦中轉了轉，的確不少魔術師會對土耳其人有興趣，可是他忙著兩個中國魔術師的事，抽不出時間做這筆生意。有空對胡迪尼提提，看樣子最有野心的魔術師是他。

說著，邱先生低頭消失在檯面下，聽到窸窣聲音，他跳回椅子。

「這包藥草帶回去，照樣用三碗水煎成一碗，睡前喝下，先喝三天。」

「什麼藥？」

「失憶散。」

「失憶？」

「該記的記住，不該記的，早點忘記，免得牽腸掛肚，積久了釋放不出，中國人說是心痨。」

「心痨？」

「白天想，晚上念，看得見，得不到，累人。」

大約翰提藥包出門，站在深夜的小巷內，被邱先生講得他恍然發現，心內果然空了好大塊地方，儘管穿了大衣，身體四肢雖暖，心頭卻莫名的涼颼颼。

「老闆。」

嚇大約翰一跳，是鞋童，他抹著鼻水。

「金陵福找你，程連蘇找你，胡迪尼找你，大家都找你。」

小約翰拍拍鞋童的頭。

「沒找到地方睡覺？跟我回去。」

領小鞋童回到報館，打開藥包煮藥，順便將主編留在桌上的湯熱了，一大一小兩人喝湯吃藥。

「你喝什麼？」

「藥，中國藥。」

「你生病？」

「沒病，請你一口。」

「哇。」鞋童吐得一桌子，「比毒藥還苦。」

「你喝過毒藥？」

自顧自憋氣再喝一口邱先生治心癆的藥水。決定了，他倒掉剩下的藥水，病就病吧。

「不喝藥囉？」鞋童好奇的問。

他岔開話題，「胡迪尼找我做什麼？」

「他說他出面主持程連蘇和金陵福的比賽。」

面子戲法 The Game of Chinese Face

去年胡迪尼才在一場不尋常的比賽裡勝出，紅遍倫敦魔術圈。

他挑起的戰爭。

胡迪尼的爆紅在於他的嘴，不少人討厭他也因為他的嘴。英國有名的鎖匠對他宣稱世上沒有他打不開的鎖很不服氣，下了挑戰書，在報社的公證下，胡迪尼必須打開綁在手腕上鎖匠花五年心血完成的新式大鎖。鎖匠宣稱，誰也打不開他的鎖。

當然，胡迪尼不改本色的反擊，天下沒有他打不開的鎖。

雙方相互喊話，火氣大到近於叫陣。讀者、觀眾看熱鬧，比賽的劇場當天擠進近四千名花錢的見證者。胡迪尼笑著任由鎖匠將鐵鍊纏上他手腕並加上鎖，即使他有肩膀脫臼的本領，也派不上用場了。

躲進舞台正中的帳幕內，許久許久，見他沒有頭緒的進出幾次，甚至抱怨太熱，能不能打開手銬讓他脫外套。笑聲裡，大家以為胡迪尼輸了，沒想到他毫不在意用嘴咬住小刀把整件外套割成碎片落至腳下。

當天一百多名記者在現場，大約翰是其中之一，他相信胡迪尼故意割掉外套，使觀眾一方面確定身上沒藏其他開鎖工具，另一方面則讓大家以為他束手無策。

胡迪尼美麗的妻子趕來劇場打氣，夫妻在眾人面前輕輕接吻，接著胡迪尼打開手銬，高舉右拳。

可以假設是他妻子於接吻時將鑰匙送入胡迪尼口中，也可以假設胡迪尼早就能打開手銬，與妻子接吻故意製造高潮罷了。無論如何，他打開了手銬。

從此倫敦接受這個狂傲的匈牙利裔美國小子。

胡迪尼主動找程連蘇，他對兩個中國魔術師的比賽興奮到願意擔任公證人，至於比賽的細節，胡迪尼建議先設定題目，兩人以各自的手法表演。

「空手接子彈。」胡迪尼殷切的看程連蘇。

程連蘇皺眉同意，接子彈難不倒他，不過對手是金陵福，顯然得想出更接近死亡的內容才可能獲勝。

還好水仙不在現場，否則她大概拿槍趕走搧風點火的胡迪尼。

胡迪尼對自己的提議很得意，他一直相信讓觀眾以為魔術師玩自己的命才是最精采的魔術。

離開程連蘇下榻的旅館便直奔金陵福的劇場，高大陰沉的中國魔術師很可能當場拒絕，即使如此，胡迪尼覺得也是天大的新聞。

咖啡小童的轉述，摩瑟出面接待胡迪尼，兩人談了很久，接著金陵福下樓見客，看上去對胡迪尼很尊敬，並接受圍在旅館外記者的要求拍下合照。

透過摩瑟，金陵福的態度有了些許軟化，不再排斥與程連蘇面對面較量，不過仍希望程連蘇為拳匪一事公開澄清絕非針對金陵福，否則別怪他比賽當天拆穿程連蘇的假中國人面具。

「只要程連蘇不再無端羞辱金陵福，承認散發照片誤導報紙的錯誤，金陵福先生表示願意對程連蘇的專業技術與舞台表現保持尊敬。」

在場的人都見到摩瑟回頭看了金陵福一眼，所有人也看見金陵福抿嘴的笑容。

「如果程連蘇不肯道歉，」摩瑟頓了頓，像是尋找恰當的措辭。「程連蘇將不再是受尊重的紳士，充其量是個說謊的冒牌貨。」

金陵福仍未退讓。

胡迪尼打的圓場，他說是不是中國人不重要，能表演出扣人心弦的中國魔術才是魔術師的職責。

金陵福鐵了臉，摩瑟尷尬的翻譯：

「八國聯軍的《辛丑和約》要中國賠償四萬萬五千萬兩銀子，一人一兩，金陵福問程連蘇，既然是中國人，他的那一兩銀子付給中國政府沒。」

所有人接不下話，金陵福與程連蘇的仇無人能解。

話馬上傳進另一個劇場，程連蘇由珍妮出面說明，之所以痛恨拳匪是因為一九〇〇年暴亂發生時他在現場，差點被幾名拳匪殺掉。

珍妮由法蘭克陪同，激動的說：

「金陵福是拳匪，是兇手。中國皇帝並未派他去美國，金陵福是怕被砍頭逃去的。如果不信，可以向中國公使館求證。」

眼看快促成比賽，珍妮幾句話再添變數。

胡迪尼了解程連蘇的個性，希望水仙去說說，暫時閉嘴。

程連蘇拗起來誰也沒辦法，水仙攤開兩手。

大約翰在艦隊街俱樂部見到胡迪尼。

「你寫了一大篇金陵福傳奇，跟他很熟吧，勸勸他不要逼程連蘇太急，同行，何必如此。我想出好辦法，比賽不分輸贏，只由你們記者詳實報導雙方表演的過程，不下評語，讓讀者自行評斷，不傷雙方和氣。比賽完，我請客，三人舉杯由記者拍照，化解誤會，雙方都得利。」

胡迪尼戳戳大約翰的胸膛：

「撮合比賽，你也得利，由你們報紙獨家報導。」

事出突然，大約翰正思考如何說服金陵福，胡迪尼又說話：

「和你們杭特先生談過了，他非常有興趣。」

一手摸你，一手打你，胡迪尼的為人。

有個疑惑。

「胡迪尼先生，你是倫敦美國魔術師協會的理事長，程連蘇和金陵蘇是中國魔術師，怎麼會想主持他們的比賽？」

胡迪尼表情略僵，但他反應快。

「凡是魔術，我都興致高昂，」他指頭敲敲桌面，「我也玩中國魔術，對不對？」

回到報館，杭特掩不住的得意，他覺得如果促成兩個中國魔術師的對決，至少可以做十頁的加頁特刊，提高售價。

「程連 Soo、金陵 Foo，胡迪尼說加上迪尼 Hoo，魔術界的世紀初 OO 戰爭。」

杭特站在大約翰桌前比手畫腳，高興得有如明天就是比賽。

大約翰得找到小青，小青見過老耗子玩《空手接子彈》，她認識金陵福，但她是程連蘇的人，金陵福找她大概想拉她過去，使程連蘇少了得力的幫手？如果小青和金陵福很熟，透過她能不能使金陵福不要再堅持道歉，先比賽再說？

他坐在劇場等待表演結束和報童的通知，小報童與鞋童守在舞台後門，見到小青自會來通報。

程連蘇今天的戲碼是《飄浮的水仙》，他打扮成中國術士，嘴唇上貼了兩撇八字鬍，遠遠望去頗有幾分邱先生的影子。

耍了耍辮子，他寫下一道符在盆內點火燃燒，隨即念出一串咒語催眠水仙。當水仙直挺挺閉目站著，程連蘇上前扶住她的腰，隨後緩緩放平她的身子，水仙硬得如塊木頭任由魔術師將她抱在胸前。

眾人發出驚呼，因為才剛把水仙抱平，程連蘇居然鬆手，水仙並未落到地面，她已然懸空飄浮。

珍妮大聲說明：

「程連蘇大師演出的飄浮，證明牛頓的萬有引力在某些時候、某些大師的法術面前，不再是科學定理。」

程連蘇手持大環，從水仙頭部穿到腳部，以示她的飄浮絕無暗藏的支撐物。

雖然場內的掌聲如雷，大約翰看穿程連蘇的手法，水仙的位置接近後面的黑色布幔，說不定布幔內伸出一塊鐵板承受水仙的身體，程連蘇的手法在於用環套過水仙時躲開鐵板的支撐桿即可。

意外的，程連蘇的戲法尚未結束，他平空以未接觸水仙的兩掌往上抬，水仙隨之升高還轉變角度，轉成腳對向觀眾，表示水仙果真沒有支撐物。

大約翰看傻了眼，程連蘇有了新的戲法。

程連蘇彈了手指，水仙忽然醒來，身體往下落，程連蘇接個正著。

她身後即使有支撐物，能在身體落下的瞬間即抽回布幔，而且布幔文風不動嗎？新戲碼滿足觀眾，掌聲可以證明，大約翰對程連蘇也有重新的認識，絕不認輸的魔術師。

椅子下有動靜，一隻烏黑的小手拉他褲管，是報童。

「她在後門等你。」

「上回你一定沒空在附近走走，跟我來。」

小青露出淺淺微笑，她的長髮堆在腦後梳成髻，仍一身黑色中式棉襖，褲腳處以黑布紮緊，走路輕巧。大約翰第一次在白天見她，找不到一顆斑、一粒痣的白淨臉孔唯有在微笑時才於眼角露出幾絲細紋。情不自禁的，大約翰隨她走進東倫敦的萊姆豪斯。

小巷內先是河邊傳來的臭味，幾步路之後被中國人的燒飯味道取代。巷子兩側好幾個中國人蹲坐在小炭爐旁，爐上是燒黑的圓底陶鍋，有的纏上鐵線箍緊看似已有裂紋的鍋子。中國人的米飯散發大約翰印象中倫敦從未有過的清香，其間卻帶著點火與熱度的焦味，勾引出足以讓他臉紅的腹內咕嘟聲。

踏入一間破敗的倉庫，竄進喉嚨的陰濕氣息嗆得大約翰幾乎換不過氣，陽光透過屋頂縫隙照亮裡面排得滿滿的床鋪，大部分空著，十幾張枯乾的臉龐與散亂的辮子坐在床沿，見到小青，有的站起身，有的彎背要起身但起不了，相同的是他們喊出同一句中文。

「他們說什麼？」

「大師姐。」

小青一一問好，每個人則以這個季節難得的溫熱眼神回禮。

「大部分華工出去賺錢，留下的不是身體不舒服，便是尚未找到工作。」小青輕聲解釋。

靠河邊兩個中年男人靦腆站在爐子前迎接小青，鍋內煮著滾動冒泡的湯。小青盛了一小碗遞給大約翰：

「粥，以水煮稻米。稻米的價錢太高，他們吃不起，加了玉米和小米。煮得正好，如果只看到水，看不到米；只看到米，看不到水，都不行。喝喝看，它除了填飽肚子，對於身體較弱的人，還有養命的功效。」

吹散蒸氣，大約翰喝了一口，濃稠的米味，不用嚼，粥已順著口腔一路熱到他的肚內。

小青和煮粥的男人討論，塞了幾張鈔票過去。

「我要他們明天加蛋，沒去上工的大多感染風寒，光休息不夠，需要營養。」

兩名男人離開爐子打開兩側的窗戶，吹進來的風雖仍帶著寒意，但空氣好多了。

從另一扇門走回巷子，小舢舨剛靠岸，戴寬邊草帽的中國漁夫晃動竹簍內的魚，小青指了一尾，漁夫不肯收她的錢，小青扭頭問大約翰：

「他不認得你，你願意幫我買下魚嗎？」

大約翰忙不迭的掏錢。

「不用拿魚，待會兒他會送去。」

「送給失明的那位燒飯老人？」

小青未置可否。

經過鴉片館，抽長桿煙的老人仍轉著手中的石球，見到小青立即擠出笑容，看也不看大約翰。

小青點頭回禮的同時問大約翰：

「想不想看我的魔術？」

「妳也會魔術？」

小青朝老人走去，老人並未期待小青跟他說話，驚嚇得持煙桿僵立。她的手在老人眼前轉了幾圈，剎那間煙桿變成扭動的蛇，大約翰嚇了一跳，老人則更驚得扔掉煙桿。定睛再看，蛇不見了，地上躺著的明明是煙桿。

「剛才是魔術？」

小青的頭倚向一邊，抿嘴對小約翰眨眨眼：

「幻術，也是魔術。」

小青人小步子快，大約翰大步追上。

「催眠術對不對？賣雜貨的邱先生說老耗子先生最擅長催眠術。」

「邱師叔對你說了不少。」

大約翰接不下話。

「以前有個叫費長房的中國法術師，書上說他長生不老，一名老翁對他極為仰慕，想隨他去學法術，擔心家人不放他去，費長房依老翁的身高砍下一節竹子，要老翁掛在屋子後面，家人見到的竟是老翁上吊而亡的屍體，於是老翁沒有牽掛的隨費長房進山學法術。」

「中國法術師把老翁的家人都催眠？還是竹子變成屍體是幻術？」

「你覺得是，就是。」

「後來呢？」

「老翁沒學成長生不老的法術，因為他捨得下金錢、家人，卻敵不過內心對於死的恐懼。下山返家，家人嚇一跳，以為死人復活，挖墳取出棺材，裡面只剩一截爛得發黑的竹子。」

「故事的意思是？」

「中國的故事和你們的寓言不一樣，故事不一定得有意思，就是個故事。」

迎面一群衣衫不整的華工下工後回到萊姆豪斯，個個表情疲憊，步履踉蹌，見到小青即閃到巷子兩邊弓身行禮，小青向他們一一打招呼。她是股早到的春風，吹得每張油汙的臉孔泛出光芒。

「妳認識他們每一個？」

「離鄉背井討生活，經常一個帶一個，這些大多屬於中國東南沿海某個小縣城的親戚、朋友，認識一個就全認識。」

「妳是他們的親戚？」

「不，沒關係，除了同樣思鄉的——」小青撥正下垂的前額頭髮，「無言的哀愁。」

他們彎進一間小屋，才開門，酒香、飯香直撲大約翰。

即使大白天，屋內仍無光線，每張桌子點著小小的油燈，牆上貼了許多寫中國字的紙條，屋頂垂下未點火的燈籠。七、八張方桌，坐了十多名中國人，他們散開長袍的前襟，一腳著地，一腳踩在長板凳上，無論舉筷子的、舉酒杯的全轉頭看進屋的人。意外，沒人跟小青打招呼，當她與大約翰為陌生人，看一眼後即恢復原狀的喝酒、吃飯。

戴瓜皮帽一身油汙的跑堂抽下肩頭毛巾擦拭桌面。

小青講了幾句，跑堂即朝廚房喊了幾聲。

這是中國人的餐館？

「你領金陵福進過艦隊街的酒館，不歡迎中國人吧。」

大約翰悶了，小青什麼事都知道。

「中國人有中國人的去處，不過即使這家館子，有點錢的才進得來，你看看周圍的人。」

大約翰再看一次，體會餐館裡的中國人服飾亮麗，不過少了倉庫華工的溫和，不時射來暗藏凶光的眼神，增加沉悶的殺氣。他不禁坐直身子。

「當中幾個和英國人做鴉片生意，大部分做的還是中國人生意。」

不多久，桌面擺了一條魚、兩碟青菜、一碗麵。小青將麵碗挪至大約翰面前：

「你的，我吃飯。」

白淨的麵條，澆了層聞起來香辣的咖啡色拌料。

小青熟練的以筷尖往魚眼下方一挑，夾起一小塊半月形的魚肉放在大約翰麵條上。

「魚，最嫩的莫過於月牙肉，你付錢買的魚，最好的理當你吃。」

從未吃過這部位，小心夾至舌尖，果然甜嫩。

當大約翰吃掉半碗麵忙著抹汗時，冷風捲來，新客人上門，戴眼鏡的年輕中國男人，令大約翰不能不多看幾眼的是他沒有辮子，沒穿中國袍子，穿西式大衣。

年輕人直接坐在小青旁，向大約翰笑笑：

「敝姓吳。」

「吳？Woo？」

大約翰握住對方的手。

「不，Wu。」

原來中國人也有不oo的。

小青和吳面色凝重低聲聊了一陣子，幾乎是吳說話，小青偶爾回一兩句。他們說得很快，說完吳即告辭，他再次握住大約翰的手，笑嘻嘻的以純正倫敦腔的英語說：

「後會有期。」

吳走了，小青才小口吃起青菜。

「吳先生是？」

「革命分子。」

大約翰嚇一跳，俊秀的年輕人是革命分子？小青毫不遮掩說出對方的身分，難道已然信得過他？

「今天找我什麼事？」

大約翰這才想起報社的任務。

「金陵福和程連蘇比賽的事，胡迪尼和我們報館合作，金陵福對程連蘇仍然互有意見，聽說妳和金陵福認識？本來想阻止金陵福攻擊程連蘇？」

「邱師叔的大嘴巴。認識金陵福，他到倫敦，一部分原因就是我。」

再次愣住，眼前的女人似乎沒有秘密，不在意任何人的問題。

「可是我和他的故事太長，破壞吃飯的氣氛，你問邱師叔吧。你希望我說服金陵福參加比賽？」

大約翰不好意思的點頭。

「接觸幾次，你印象中，金陵福是什麼樣的人？」

金陵福？陰沉的臉孔，舞台上一成不變的笑容。

「他很聰明，」小青夾了另一邊的魚眼月牙肉往大約翰麵上一擱。「從小學魔術，十幾歲就已經出師，天津玩雜耍的屬他最受歡迎。」

「記者圈押他贏的占多數。」

「當然，沒人贏得了金陵福。」

「既然穩贏，他為什麼不答應胡迪尼，和程連蘇比賽？」

小青認真看著大約翰。

「他從到達倫敦的那一刻起，不停的找程連蘇麻煩，為的只是逼我見他。到了倫敦見到程連蘇的表演，多個新的理由，他找到挑戰的對手。男人，好鬥，金陵福的自負遠超過你的想像。」

「妳見不見他？」

「還沒決定。」小青歪歪頭，「先吃飯。」

跑堂送來一碗飯，小青放低眼神，專注的吃，而看著她閃動的睫毛與小巧精緻的鼻頭，大約翰再次無法問下去。

門被推開，進來兩位穿得整齊長袍的中國人，揮衣袖撣大衣上的泥水，費力的朝地面跺腳去除鞋底的泥漿。

氣氛變得凝重，屋內的人全起身向新來的弓身行禮，其中三個更上前單膝下跪。大約翰看得好奇，小青又夾塊肉擱在他碗裡。

「公使館的人，不必理會，待會兒若有事，記得，廚房有後門。」

來不及問什麼事，新來的兩人已走到桌前，大衣下露出中國官服的下襬與黑布靴。年輕的朝小青說了不少話，聽得出，官腔官調，小青毫不理會。五、六名吃飯的漢子解下外袍，大約翰見到他們腰間的短刀，看見矮小的飯館老闆與跑堂抱頭跪在灶下，看見籠罩在店內令人呼吸加快的恐懼。

「別出聲，他們找我。」

大約翰緊張得手心出汗。

「怎麼辦？」

小青貼近他臉旁。

「邱師叔對你提過老耗子的入壁術吧？」

「嗯。」

「我們玩玩看，希望手藝沒生疏。」

一句話，大約翰的心立刻安定，說不出來為什麼，他相信小青。

小青的筷頭敲敲碗沿。

「可惜了沒吃完的半碗飯。」

話未落定，小青一抬手即射出筷子，一手拉大約翰衣領朝後扔。雖知她力氣不小，沒料到近兩百磅的身體在她手裡像隻小狗，大約翰重重摔在牆邊，才撐起上半身，已見小青腳尖勾住桌椅踢向對手。混亂中，大約翰感覺身邊一陣風，小青已然飛至他肩頭，一塊布罩住兩人。

躲開桌椅，手持短刀的漢子與官員四處尋找，其中一人大喊：

「當心那老丫頭的輕功，前門、後門，分兩頭追出去。」

兩批人絲毫未發現店內的變化，逕直奔出門。

大約翰不敢動、不敢喘氣，他聞到頭頂傳來一股淡淡的香味，和邱先生點的香有點像，又更淡，不沖鼻。

從布後真能看得見外面每個人動靜，老闆和跑堂仍窩在灶下，他們縮成 n 字形，其他的客人也全藏到桌下。

壞人離開，還會回來嗎？

「閉氣。」蚊子般的聲音響在耳邊。

大約翰停止呼吸，聽到小青吹氣的「呼」一聲，她把什麼吹到布外？想到胡迪尼的閉氣能力，他吸緊鼻翼，說不定此時他的臉上的表情和水裡的胡迪尼一樣，漲得通紅。

「走。」

眼前一亮，布不見了，小青拉住他的手往前門衝。屋內的人怎麼全兩眼發直，灶前躺著兩個昏睡的人。

「你往外招到車便進市區，千萬別停留。」

「妳呢？」

小青鬆開他的手，露出開心的笑容。

「我？想看看那夥人回到飯館的表情。」

大約翰覺得背心被人一推，已經不由自主提腿跑起來，轉眼便出了巷子。

跑離魚腥味的碼頭，大約翰沒搭車，兩手牢牢拉緊大衣的領口，他繼續跑在天色漸暗的河邊，腳變得沉重，頭變得熱，才吃過飯，體內卻比平常更空。

她究竟和革命黨什麼關係？嬌小卻複雜的女人。想著想著，想起邱先生開的治療心痨藥草，說不定他不該扔掉。

「來晚囉，土耳其人賣掉了。」
「誰買的？」
「生意機密。」
邱先生手中一管槍，新式步槍。
大約翰喘著氣略微說明飯館內的遭遇，邱先生毫無反應。
「約翰先生，你懂槍嗎？不懂沒關係，沒人天生什麼都懂。幫我點忙。」
轉眼間，槍被邱先生拆成一堆零件，大約翰趴在檯面寫阿拉伯數字的大張紙前，按邱先生的指令依序在數字下擺妥拆下的零件。
「不這樣排好順序，拆完裝不回去，拿什麼還胡迪尼。」
胡迪尼的槍，他想表演《空手接子彈》？
「中國人拿兵器變戲法頂多吞刀吞劍，你們洋人非搞接子彈，不怕子彈轉個彎要了小命。真是的！」
邱先生的十隻爪子很巧，沒花多少時間又把槍裝回去。
「嘿，你瞧，這個撞這個，點著子彈的火藥，砰，火藥把子彈炸飛出去。子彈順槍膛轉呀轉，經過槍管內的這段距離，固定子彈的飛行方向，說時遲那時快，啪！和當年老耗子、小青玩的把戲差別不大，不過裝藥的子彈比當年的彈丸要難應付，危險唷。」

爪子上的子彈戳在大約翰額頭。

「遇上公使館的人？」

「小青說的，兩個人外套底下露出中國的官服。」

「幾個人？」

「六個，不包括中國官員。」

邱先生的目光再回到槍上。

「入壁術，老耗子只教金陵福，原來也教了小青。看出秘密沒？」

「看不出，的確是塊布。」

「布，次要；主要是那些人知道小青輕功了得，一旦見不到你們，直覺以為她領你飛出飯館，看不見眼前的，一心找門外的。」

邱先生發出似哭似笑，更像烏鴉叫的笑聲。

「所以呀，約翰先生，魔術魔術，利用人的經驗而已，換個從不認得小青的小朋友，說不定沒被——你說那叫什麼？」

「隱身披風。」

邱先生又捏捏他的鬍子。

「金陵福學到老耗子的正面，小青學到背面，要是他們兩人聚到一起，十個程連蘇也不是對手。」

「她是中國的革命黨？」

「不清楚，誰臉上刻了革命黨三個字。對了，你天天來，勤快得令我擔心。我猜猜。」

邱先生轉動小眼珠：

「金陵福不肯比賽？」

「要求程連蘇先道歉。」

「呸，誰願意向他道歉。小嗑巴現在架子大，得用八人大轎子抬他去比賽。」

「我們報館想促成比賽。」

往上一蹬，邱先生蹲坐在高椅內，像愛麗絲遇到的兔子。

「免費提供一個秘密，金陵福在美國場場客滿，成天數美金，跑到倫敦來圖什麼？再說到歐洲理應先去巴黎表演，法國魔術師多，增長見識。」

「為什麼？為小青？他們是情人？」

邱先生再拆下槍身中間的槍機摸摸敲敲。

「江湖討生活的，沒空談情說愛，劇團的齊朵跟了他幾年，什麼也沒盼到。算了，對你講不通。」
大約翰把主編交給他的錢放在桌上。
「欸，約翰先生開竅了，凡事先買門票，天下哪有看完戲才付錢的。」
對著燈光看槍管，邱先生揮揮手：
「別擋我光線。」

從山東老團揪了十八路英雄好漢搞起扶清滅洋的義和拳，說好聽點，吸引天下的關心，說實在點，不乏存心來刺探虛實的有心人士。我見過白蓮教的，他們搞的是反清復明，和義和拳幾個大師兄聊了幾回，話不投機。沒見到革命黨，可是聽說他們的人也來摸過底，和曹福田說了說話，一邊說東門的城門樓子，另一邊說西門跳猴子，沒結果。

老佛爺的聖旨傳到山東之後，拳民成為義民，不得了，遊手好閒成天練拳的、走江湖賣藝的、捨下乾旱的田不種的，轉眼間三教九流居然被奉為巡撫老爺的座上賓，得意的咯，恨不能回鄉祭墳，光宗耀祖。

中國的官員得經過考試，三歲起，孔老夫子的四書五經背得滾瓜爛熟。好不容易名列前茅，混到個小官，以為能大展抱負，哪曉得地方有豪門，朝廷有早已官場打滾多年的老油子長官，老百姓個個窮得苦哈哈，不打進衙門搶糧就託天之幸。前頭的太平天國鬧了幾年，捻匪再鬧幾年，鴉片戰爭、英法聯軍打北京，你想想，從七品小官熬成一、二品大員的什麼世面沒見過，山東巡撫看不出義和拳畫符念咒的大師兄是塊什麼料？大清的氣數能令人指望嗎？

小青幹什麼的，老耗子沒說，我沒問。有回傳說端郡王在北京總理衙門設下神壇請神明下凡助大清，各地官員認定朝廷和洋人開戰了，幾個師兄搗了幾座教堂逮了洋教士……

邱先生一拍腦門：

「記性不行啦，那個縣我陪老耗子去了幾回，怎麼想不起名字？」

總之幾位大師兄仗著巡撫撐腰，和縣太爺商量，將洋教士就地正法，看他們的上帝來不來救。縣太爺糊裡糊塗，把令牌往洋教士面前一扔，判個砍頭的刑。大清律令，凡判死刑都得將案子送京交刑部審核，道光以後戰亂不斷，不講究這套，鬧出天大禍事。

上刑場前一晚，老耗子領我和小青去看等著殺頭的洋教士，曉得嘛，小青能用洋文和洋教士對話，神吧？幾十個橫眉豎目的拳民看傻了眼。

縣太爺到底念過書，謹慎，要小青翻譯，小青說得好：洋教士說他們依法傳教，到底犯了哪條罪。

你沒看到縣太爺的臉，青一陣、白一陣，他也說不出罪名。兩個大師兄趕小青，罵她無事生非，老耗子叫我攙他回去。哎，老耗子年紀大，年輕吃太多苦，背駝了，眼花了，吃飯筷子盡朝碗邊燒的花朵戳，問他怎麼了，他說那不是蝦嘛。

不提老耗子。中國女人，別說洋文，識字的也沒幾個，小青能文能武懂洋文，你說她該是哪一路派來的？

我離鄉背井多年，湊合著學兩句洋文和你們洋人做生意混飯吃，她呢？幸虧有她，替老耗子排解不少是非，老耗子也盡了師叔的責任，該護小青的時候他絕沒退縮。

至於她現在是不是革命黨，難說，若是，她該跟著孫文回中國起義，窩在程連蘇那兒圖三餐飯？若不是，她獨來獨往，不找個人家嫁了，等什麼？

隔陣子她總會來看看我，無非晚輩問候長輩吃得飽、睡得好嗎？送點中國來的糕點、茶葉盡點孝道，從不談她的私事，我年紀大，怕惹事沾腥，也不問。

今天飯館的事，估計咱大清的公使館啥正事也辦不了，到處抓革命黨往北京報功，別說小青，我老人家前後被請去問了三次話。一問可清楚倫敦的革命黨在哪兒？二問我老家是否有家人，過得可好？三問近來見過生面孔的華人沒？煩！

你說的一老一小兩個官，我認得，新來的，急著建功，找小青算他們倒楣。我見過小青的功夫，別說五、六個人，十七、八個恐怕也不是小青的對手。要入壁術，嘿，約翰先生，她怕刀槍不長眼，誤傷了你，要不然不打得那群朝廷爪牙屁滾尿流才怪。

你見到穿洋服的革命黨無非留學生，誰不想中國強大，孫大炮到處演講，說動很多年輕人，倫敦傾向革命黨的人不在少數。這話不宜對外人講，給我添麻煩。

我好奇的倒是她明知山有虎，為什麼還領你進飯館？

「為什麼？」

對面的老兔子晃晃腦袋，摸摸槍。

「算了，費腦筋。」他拿起槍：「胡迪尼愛熱鬧，他想演空手抓子彈，程連蘇用瓷盤接子彈，胡迪尼想張口咬子彈，瓷盤、門牙沒差別，值錢的是槍。」

「空手抓子彈的秘密在換子彈。」

「著！不枉約翰先生成天看魔術。真子彈由觀眾做了記號，魔術師填子彈時候換了空心假彈，做記號的在他手裡，到時空槍放炮仗劈哩叭啦一陣響，魔術師擺幾個身段，張開手，接子彈！」

大約翰記得程連蘇初到倫敦表演，子彈由法蘭克經手，他和法蘭克之間沒有接觸，做記號的子彈怎能到他手裡？

「千百種手法，最簡單的，上台檢查槍和子彈的人是魔術師安排好的。」

不可能，大約翰認得檢查子彈的人，常進劇場看雜耍，應該和程連蘇沒牽連。

「你不信？信不信由你，倒是胡迪尼找我改槍，他想玩點不一樣的。」

「怎麼不一樣法？」

「由檢查槍的觀眾填子彈。」

「做不了假了。」

「呸，天下什麼事做不了假？等著看我 Mr. Choo 變出把前無古人、後無來者的絕世魔術槍。」

「胡迪尼自願當程連蘇、金陵福比賽的公證人，外傳程連蘇要求金陵福與他都表演空手接子彈，胡迪尼玩同樣的魔術？」

「對啊，萬一他玩得比 Soo 和 Foo 更好，胡迪尼就是天下第一的魔術師，再說空手接子彈玩死不少人，可身為魔術師，正因死過不少人，空手接子彈更有吸引力，好比練武的有不上擂台的嗎？學做菜的能不進廚房嗎？」

「沒解決我的問題。」

「你問題真多。」

「怎麼讓金陵福接受比賽?」

邱先生五官皺成一團,他點起香,大約翰嗅嗅鼻子,果然有點小青身上的味道,但小青的好聞多了。

「小青身上有股不尋常的香味。」

「不是香,中國藥草的艾草,熏衣服,防蟲避邪,若是加進食物,增添香料滋味。」

什麼是艾草?

「一種草。我忙著思考,別老打岔。」

大約翰閉嘴,看著香一點點燒成灰。

當香燒到只剩半截,邱先生打開了臉。

「有個主意。」

大約翰興奮的問:

「怎麼樣?」

「回去要胡迪尼說服由小青陪程連蘇參加比賽,再把消息往金陵福耳裡放。」

「萬一小青不肯?」

「管她肯不肯，只要進金陵福耳朵就行。」

「好主意。」大約翰大叫。

邱先生沒撥算盤，他舉起拆下的槍機對著屋內有限的亮光聚精會神的瞧。

消息轉了幾回，進了金陵福耳朵。

大約翰對胡迪尼說了，胡迪尼跳起身拍手，馬不停蹄去找程連蘇。程連蘇猶豫了一個多小時，他找不到小青，在胡迪尼催促下勉強只要找到小青，同意由他和小青參與比賽。胡迪尼把消息傳到報館，大約翰立即約摩瑟酒館見，裝得神秘兮兮，硬騙了摩瑟兩杯酒。摩瑟急慌的奔到劇場告訴金陵福，一人各帶一名助理，程連蘇帶的是小青。金陵福想了也差不多一個多小時，摩瑟回酒館對大約翰說：行。大約翰轉告胡迪尼，胡迪尼上馬車直奔程連蘇的旅館。

兩方同意不對外透露，獨家消息留給大約翰。

其他各報記者嗅到不尋常的氣味，圍在程連蘇與金陵福住處門前，什麼也問不到，難得的是胡迪尼也封住他的大嘴。

熬了兩天，不敢進俱樂部，甚至杭特先生強迫他留在報館不准外出。

「約翰，你這樣也不是辦法，有空回家去看看，試想當初你們夫妻多恩愛，怎麼搞成仇人似的。」

杭特是少數了解大約翰不回家的人。

「睡在辦公室，沒床沒吃的，不能老把工作當情人。」

大約翰低頭寫稿，沒多久桌上多了個好大的三明治。杭特撣著大衣上的雪花，再從懷裡拿出一瓶新酒對大約翰笑。

兩天後的《周日派送》將在首頁刊出斗大標題：

胡迪尼公證，程連蘇、金陵福魔術決鬥

摩瑟不高興，堅持金陵福的名字必須在程連蘇前面，程連蘇更堅持，他資歷深、到倫敦早，他的名字要在前面。

珍妮對大約翰很不客氣的說：

「請你告訴我憑什麼金陵福的名字排在程連蘇前面？」

用名字的第一個英文字母？不成，都是C。用姓氏的第一個字母吧？珍妮不同意，她不客氣的拉長脖子喊：程連蘇先到倫敦，名氣比金陵福大。

那麼以中國人講究的敬老尊賢，年紀大的在前面呢？金陵福同意拿出護照上的出生資料為證明，程連蘇拒絕，珍妮開口大罵：

「你去街頭問問，倫敦人有幾個知道金陵福？」

問題進了死胡同。

好不容易談成兩人的比賽，怎料到眼看將毀在兩名中國魔術師的面子上。

邱先生笑說，中國人在意三件事：面子、銀子、房子。讀書人可以為面子不要銀子和房子，做生意的可以少拿點銀子，可以不要房子，卻也捨不下面子。玩魔術的社會地位不高，可是一旦有了名氣，名氣便比銀子、房子更重要。

「中國的讀書人講究氣節，什麼是氣節？面子，今生的面子，歷史書裡寫的來生的面子。」

大約翰不太明白中國人的面子，邱先生講了個故事：

「不收你錢，當作服務客戶。孔子，孔老夫子，孔聖人，聽過吧？」

聽過，中國歷史上著名的老師。

「孔子的學生子路以擅長武術著稱，既然參與政治，免不了結下仇家，和對方發生衝突，雙方刀戟交鋒，打得不可開交，混戰之中子路的帽子被打落，你猜怎地？子路不打了，撿起帽子綁好帶子。」

「為了帽子？結果呢？」

「被砍成肉醬。日後中國人把他的故事編成一句名言：君子死，冠不免。意思是既為紳士，死的時候怎能不戴帽子。」

和杭特對坐，大約翰把故事按他的意思重新組合複述一遍。面子，中國人的堅持的底線，若是不要面子，就落到最低層和野獸一樣了。

面子成為無法解決的問題，眼看快到印刷的時間，依然束手無策。

胡迪尼解決問題，他得意的進報館。

「由偉大的胡迪尼變個魔術，讓程連蘇和金陵福的名字都在前面。」

怎麼能都在前面？

「你們的報紙，一半印程連蘇在前面，一半印金陵福在前面。」

中國人的面子一分為二，不能再吵了。

杭特大喜過望，特別交代派送報紙的人員，程連蘇劇場和旅館周圍賣「程連蘇、金陵福魔術決鬥」，金陵福劇場和旅館周圍賣「金陵福．程連蘇魔術決鬥」，其他的就無所謂。

大約翰想了想，其中最不吃虧的是胡迪尼，因為金陵福或程連蘇的名字怎麼排，胡迪尼公證始終在最前面。

報紙從印刷機出來時，大約翰坐杭特的馬車兩頭跑，向金陵福和程連蘇說明做法。

他變得聰明，對金陵福說：

「比賽方法等金大師同意，我再去對程連蘇說。」

他對程連蘇說：

「等程大師同意，我再去對金陵福說。」

讓中國人高興，很難，有時也不那麼難。

至於比賽什麼？果真《空手接子彈》？

搬運法　The Trick of Disappearing

解決面子，還得解決比賽的內容。

按大約翰的意見，光是搞面子就幾乎毀了比賽，不宜再節外生枝，何不讓兩位魔術師各演各的。記憶所及，魔術師與魔術師之間從未對決過，更別說比同一戲法，美國兩名大師凱勒與赫曼即使相互看不順眼，頂多冷言相向，沒比賽過。

「所以才會轟動。」

胡迪尼與高采烈的說。

杭特摸著下巴，有意見卻不願說出意見。

胡迪尼繼續推銷他的《空手接子彈》：

「同樣內容，看他們各自的手法。」

胡迪尼原來計畫將程連蘇與金陵福的比賽搞得轟動大西洋兩岸，選倫敦最大的劇場，發售門票，扣除開銷分成三份，他與程連蘇、金陵福各一份，《每日派送》賺到獨家報導，當期報紙一定暢銷。

杭特腦袋裡大概想的是該加印多少份，胡迪尼想的是門票收入，大約翰則想程連蘇玩過《空手接子彈》，金陵福卻沒有，至少在英國和美國沒有……忽然想到小青，她究竟會支持程連蘇或金陵福？

一個小時之後，程連蘇、水仙、法蘭克也不能不想小青，因為還是沒找到小青。與珍妮商量雙方都表演《空手接子彈》時，珍妮仍擺出隨時可以吵架的姿勢：

「空手接子彈？」

馬上再問法蘭克：

「我們的槍呢？」

法蘭克在後台四周尋找：

「好幾天沒見到小青，奇怪。」

莫非小青那天沒逃過中國官員的追殺？大約翰驚得手心冒汗。

找了小青的住處，沒人。找了飯館，跑堂的說那天中國殺手的確沒追到人又回到飯館，到處搜了一陣子才走，但小青從沒出現，之後更沒再來過。

燒飯的盲老人聽不懂英文。

向杭特預支了點錢，能找到小青的應該只有邱先生。

「你們走漏消息，別想賴到我頭上。」

「只對摩瑟說過，不可能走漏。」

「比空手接子彈？胡迪尼想像力挺豐富，怎麼比，叫金陵福和程連蘇各拿槍對射？誰死算誰輸？荒唐。」

大約翰再也忍不住：

「求求你，金陵福和小青到底什麼關係？」

「什麼關係？」

兔子眼一直轉，看看大約翰，再眨呀眨。

「你見過小青的魔術，都是小把戲，她玩過最大的把戲，為的是救金陵福的一條命。你們洋人說救人一命要替他負責一輩子，救人的倒楣。中國人有差不多的說法，不過恰好相反，中國人說呀，被救的人一生一世背負還不完的債。」

要從義和拳與八國聯軍在天津的那一仗說起。

一八九九年義和拳已經鬧出氣勢，新上任的總督不敢得罪，開了軍械庫由他們取槍取刀，還每人發點小錢，免得拳民賴在總督府不肯走。各地縣衙乖乖送上白米，見著拳民有如見到蝗蟲。拳民演變為暴民，官紳不肯出錢的，打進宅子連偷帶搶。有個縣關城門不收拳民，大師兄領頭扛著神像打破門，綁了縣太爺要錢要糧。

義和拳勢力如北方荒原上的枯草，隨著風沙愈滾愈大，滾到朝廷覺得不對勁時，他們已經不受約束。

聽說洋人的兵艦接近大沽口，幾個大師兄商量，下令組隊對抗。

老百姓愚昧，大師兄四處傳播洋人在各個街口抹陰血，十八天內住在周邊的人必發失心狂，要破解洋咒，每家得準備蒜頭、韭菜、大蔥，以紅布裝了掛在門楣，薰走洋人念咒召來的洋鬼。消息一出，全城搶購蒜頭和大蔥，商人特地從南方運來新鮮韭菜。買不到韭菜以芫荽替代，效果差了點，但勝過沒有。

說也怪，不肯掛紅布的人家，第二天早上都見到門板留有斑斑血跡。

拳民的蠱惑下，黃河口幾個縣規定不准動煙火，免得引來惡鬼。煙囪得用紅紙糊住，避免洋鬼竄入，大家忙呀，傳說某個縣被洋鬼侵襲，幸好請下諸葛孔明，他草船借箭，射死上千名洋鬼，第二天城外散得一地的麥稈是證據。孔明以麥稈為箭，神威護城。

禁止老百姓穿白衣，晚上門楣掛紅燈籠，驅鬼。燒洋樓的時候，所有人得喊「殺洋人」助神威，凡躲在家裡一概視為奸細，殺。

聽來洋鬼滿中國到處亂竄，究竟誰真見過洋鬼？洋鬼長什麼青面獠牙的模樣？沒人說得清。這場仗，打得丈二金剛摸不著頭腦。

出兵天津前的上午，大師兄傳西王母的命令，每人得跪著捧一碗白飯和一粒鹽迎接神明，白飯供神，鹽粒驅邪。

當天下午再傳城隍爺的指示，家家焚香，供上清水一碗、饅頭五粒、銅錢百枚，請神兵下凡相助。晚上三更三點，備齊三百三十騎人馬，紅袍紅旗至城門朝大沽口方向各射三箭，全城鳴鑼擊鼓，吶喊搖旗，哪吒三太子現身——

約翰先生，哪吒三太子是個永遠長不大的男孩，中國人供奉他除魔除鬼，他傳達的旨意真該用在魔術師的海報上，你聽聽：百姓家紮一綑麥稈，紅紙黏了供在香案，交戰前，以手掌砍麥稈，麥稈必會如刀切般成為兩半，百里外戰場上的洋人立即頭顱落地。

夠玄吧。以往中國道術裡的魔鎮得有對象的生辰八字，義和拳省了你們洋人的八字，照樣砍頭於千里之外，切西瓜也沒這麼方便。

沒見到半個洋兵，幾百個鄉村已經草木皆兵，不時從各地傳來消息，濟南從天而降五彩祥雲，天兵天將個個手握滴著鮮血的洋人腦袋。天津出現戴紅草帽的和尚，率領五百刀槍不入的男童到義和拳的前軍助陣。

最熱鬧的是關老爺率百萬天兵下凡，偏偏義和拳的那夥大師兄誰也不服誰，同個晚上好幾個人關老爺上身，誰真誰假打成一團。

大師兄曹福田被說成半仙，懂土遁法，每夜靈魂出竅至大沽口看洋兵布陣，醒來對其他人說，洋兵用死人骨頭排出陰風陣，傳出驚破膽的地獄慘叫聲，若不請到地藏王菩薩，不容易破陣。

另有個叫張德成的，不聽曹福田號令，領一批人走進山林，指地下埋了詛咒，眾人往地挖，果然挖出一尊人像，三隻眼睛。張德成說二郎神下凡，率梅山七兄弟已經破了洋人的陰風陣。

你會掰，我不會胡說八道啊？

曹福田和張德成鬧成僵局，於是神仙再下凡，要兩人鬥法決定誰當主帥。

嘿嘿，約翰先生，像不像胡迪尼鬧的魔術師比賽？

曹福田的人馬有關老爺當前鋒，托塔李天王當後隊。張德成拿起麥稈吹口氣，說經過神仙的指點，上了戰場麥稈自然成為寶劍。

誰能證明？沒關係，曹福田再說他已經得到玉皇上帝的告知，諸神分赴各國，叫他們把從中國割去的土地全數歸還，並燃起神火燒洋人的房屋田地，已經燒了十六國。張德成不能拆曹福田的台，因為他也不能證明十六國沒被燒，乾脆說請來十大天神，率十萬天兵已經到達天津城外，賜給他避槍避火咒，跟隨他的人不怕洋人火器。

「約翰先生，別笑，義和拳荒唐，可是道出中國人長期受你們的欺壓，多麼無奈。」坐在盡是嗆鼻藥草味的店內，大約翰想打斷邱先生的情緒，請他直接講金陵福和小青的事，不過邱先生眼淚流得一臉。隨他的興，想講什麼便講什麼吧。

「八國聯軍從大沽口登陸，曹福田集結了幾萬人打算一舉把洋兵洋將全打回東海當魚蝦。天津戰役，我親眼見到那場面，血滾心跳呀。」

上千面各色旗子幾乎遮去大半個天空，我陪在老耗子的車內，探頭出去真給嚇一跳，仔細再看，更嚇一跳，哪什麼軍旗，搜到幾碼布、破褲衩，裁也不裁便往竹竿上掛。最前面舉女人月事用的布條、廟裡的幡旗，號稱能破洋兵的邪法。第一隊不配刀槍，兩手拿裝滿童子尿的竹銃，噴在洋人陣內必使洋槍洋炮失靈。

我沒念過一天書，可也明白仗沒這麼打的，但北京傳來消息，幾個大學士在家裡供神像，按義和拳發的請神符天天祈禱。大清朝廷內外，凡不拜神佛、不練義和拳的，全是奸臣。

縮回車內我對老耗子說，這仗他們打，我們找機會溜。

周圍被拳民圍著，老耗子嚇得沒主意。溜不成，只好和小青姑娘商量。

小青騎在驢背上不答話，她俊秀的臉孔給滿天烏雲映得見不著一絲光線。

鼓聲、鑼聲，義和拳殺聲震天吶。

然後聯軍出現了。

從曹福田、十多個大師兄，到每個鄉民、拳民，誰也沒見過洋兵的陣式。金光閃閃的鐵帽、鐵盔，領頭是持洋槍的排兵，幾百人一個方陣，後頭跟洋炮和騎兵。大家一見，腳麻了，腿軟了，旗子七歪八扭，刀槍扔得一地。

不能輸了頭陣，幾位大師兄請老耗子到陣前作法，說非請關老爺和岳王爺下凡助陣不可。我扯老耗子的褲子，千萬不能去，裝死裝孫子也不能去，我們變變戲法逗鄉親笑笑，怎能到千軍萬馬前裝神弄鬼。

老耗子總算清醒，往車內一倒，說鬧肚子。

不由分說，幾十把大刀晃在我們眼前硬把車子推到陣前，所有拳民圍住車，曹福田底下七、八名橫眉豎目的師弟吐狠話，老耗子再病也得請神壓陣。

最絕情的是張德成，他的刀背往拉車的驢屁股狠狠砍了一記，老驢哪搞得清前面是槍林彈雨，喔喔喔的嘶叫朝洋人陣前衝去。

「你懂了吧？戲法能變，卻不能變過頭，不好收拾。程連蘇的確是天生的表演家，平凡的戲法到他手裡，總能變得趣味橫生。在倫敦已占了地盤，見金陵福到倫敦，何不和胡迪尼盡地主之誼請金陵福吃飯，喝兩杯小酒交個朋友，何苦死要面子非和金陵福比賽。金陵福呢，要找小青，揣點銀子來求求我，說不定我能說服那丫頭。兩個人為面子，愈搞愈僵，金陵福逼得程連蘇亂了陣腳，加上個愛起鬨的胡迪尼，你們報館跟著摻和，現在怎麼辦？你問我，我問誰？」

「我變個魔術。」

說著，不知怎麼他手中多了枚小球。

「我要中國球，約翰先生仔細看。」

邱先生將球往空中一扔，左手接到往上再扔，換右手接住再扔，扔了幾回，變成左右手各一枚球。再扔一會兒，變成三枚球。

大約翰看得鼓掌叫好。

「瞧，變個小魔術，你高興拍手，我高興鞠躬，多好。」

「程連蘇與金陵福比比魔術，不是和拳匪打仗。」大約翰扭捏的搭上一句。

「他們三個小子，如你說的，比比魔術？程連蘇要面子，胡迪尼要出名，金陵福根本是個瘋子。」

邱先生的泥手中躺著三枚白色小球。

「說離題了。看出球怎麼變出的嗎？」

大約翰猜測機關在袖子內。

泥手轉動三枚球。

「關鍵不在袖子，在球本身，小青給我的靈感，她把一輛車變成兩輛車，為什麼我不能把一枚球變成三枚？」

邱先生得意的將球放進大約翰手心。

「因為我故意將袖子甩過桌面，你以為球藏在袖子，其實呀，我騙的只是你的直覺。三枚球不一樣大，俄羅斯娃娃，第二枚藏在第一枚裡面，第三枚藏在第二枚裡面，觀眾看扔上去的球，落下時指頭一撥，打開第一枚，跑出第二枚。喏，簡單吧，要是多練幾天，還能把球塞回去，最後把三枚球全變沒。」

變戲法，憑手藝，花功夫練。義和拳走偏鋒，上陣前張德成給拳民喝麻黃湯，一千多年的老把戲，喝了人亢奮，睡不著覺，沒來由的臉紅氣喘，任人擺布。八國聯軍前頭的排兵像浪頭，舉著明晃晃的刺刀往義和拳壓來，曹福田領著拳民念避彈訣，打趟梅花拳，麻黃湯發得更快，拳民個個失了心智，感覺神明上身，頓時膽氣直沖九霄，一時之間忘了是拿血肉身子去拚鐵頭子彈和鋼打的刺刀。嘩的往前衝，用足氣力把童子尿和月事布往洋兵扔去，迎了幾陣排槍，頓時師兄弟倒下幾十人。槍火的煙霧迷了眾人的眼，後面的不知道前面死傷慘重，往前衝，再一排槍，義和拳第一仗，稀里呼嚕垮了。

我和老耗子撿回性命，靠的不是入壁術，是小青偷天換日的搬運法。兩排拳民倒了，我們面前沒遮掩，聯軍的槍子兒四處竄，想躲都不知從何躲起；想退，拳民圍攏在車子四周，指望老耗子請下天兵天將退敵，無從退起，老驢慌得抬起前腿嗚嗚叫。

聽好，戲法人人會變，小青也會。她早把馬車弄成兩層，輪子兩片靠在一起，看似一片，車板上下各一片，曹福田退兵令沒下，小青掉頭以她的驢子套住後車板，往後一拉一跑。車子任他們往聯軍刺刀陣裡趕，我們坐著沒棚沒頂的車板先溜了。師兄弟蹲低身子躲子彈，幾十隻手扒住車棚，一步步朝前頂洋槍的槍子兒，沒料到我們往後跑。

拳民散得到處都是，分不清東南西北呼爹喊娘，小青一手指北針，一手韁繩，老驢聽話，甩開蹄子朝西邊奔。

算魔術吧。魔術不外乎手法和機關，得使得渾然天成，把觀眾的目光吸引到魔術師的兩隻手，沒空留意藏在背後的機關。誰想得到老耗子的馬車有兩層輪子、兩層車板，各用鐵鉤箍住，解開鉤，驢子用力拉，變出另一輛車。小青跟著老耗子沒多少日子，戲法，她全學會。

跑呀跑，兩天兩夜沒停過，趕往前線抵擋聯軍的大清國聶士成武衛前軍救了我們四人。

「講得口乾，」邱先生提出一瓶酒，「我喝，潤嗓子講故事；你喝，壓驚好好聽故事。」

「難怪程連蘇把槍交給她，原來她懂道具。」大約翰點頭。

「女娃子心細，舉一反三。」

喝下酒，邱先生打了個能臭死蒼蠅的酒嗝。

「邱先生，你剛才說救了四個人，小青、老耗子、你，只有三個人。」

邱先生重重放下酒瓶，細長的鬍鬚在鼻息下微微顫動。

「第四個人，我不想講，我根本想盡法子忘記。他是曹福田之外另一個大師兄張德成。」

大約翰聞著邱先生吐出的酒氣，甚至看見邱先生小得躲在眉毛下面的豆子般眼珠變得愈來愈大。

車子衝出戰場，到處是槍聲炮聲和拳匪的慘叫聲，還有個聽起來離耳邊不遠的咒罵聲。我朝後瞧，不知誰的兩個爪子死命抓住車板，小青揮起馬鞭打算斷了那兩隻手，車子本來就不快，不能再被人拖慢，誰想到，瘦弱不堪的老耗子自顧不暇，居然伸手拉住其中的一隻手。

老耗子救起的是張德成。

兵荒馬亂，誰也沒空多想，再說張德成滿臉是泥，起先我沒認出他，是老耗子喊他，張師兄，咱們該往哪裡跑？

張德成沒接腔，我看他渾身上下剩不到半口氣。依我個性，一腳踹他回姥姥家，比起曹福田，張德成是個孫子，龜孫子，成天只想和曹福田爭誰是大師兄。我呸他祖宗十八代，狗雜種的不聲不響扒著板車往前爬，想搶小青的驢自個兒逃命。對小青搞陰的，他眼珠子給牛屎蒙了。

爬到車板前緣，他朝小青背心跳，打算搶了驢子自己跑，嘿，小青頭也沒回，唰的一劍切豆腐也沒這麼俐落，張德成左手拇指飛進沙塵裡去找祖宗牌位了。

當初該一劍剁了他腦袋。

「讓我喘口氣。」

「小嗑巴便在那時趕到天津西邊見著小青。命中注定。」

早幾個月我託人捎消息給他，老耗子躲不開義和拳的師兄糾纏，他年紀大，江湖歷練深，哪曉得耳根子軟，不懂得說不，我想了些日子，非得小嗑巴回來一趟，必要的話把老耗子帶去美國，躲開這場糾紛。

小嗑巴收到信，坐火輪回到天津，急著到處找老耗子。我雖然不願說金陵福的好話，可是他對老耗子的孝心，貨真價實。

武衛軍聶士成的部隊是按照洋人規矩練成的新軍，大清帝國就他和董福祥會打仗。領著上萬名洋式裝備的武衛前軍奉命與義和拳協同作戰，聶軍攻天津租界，打得俄國老毛子拋甲棄兵，眼看能收回租界，義和拳的拳民跟在後頭到處放火燒房子搶東西。聶士成講究軍紀，下令鎮壓，殺了幾百名鬧事的拳民，沒想到大師兄往朝廷舉報，指拳民苦攻租界，眼看要成功，聶士成搶功，從後頭圍殺拳民。

朝廷仍迷信拳民，派了執上方寶劍的大臣領一夥拳民從北京前來助陣，隊伍沒槍沒炮，從廟裡搬出一堆快化成灰的骨董兵器當法寶。皇帝下旨，嚴斥聶士成，革職留任。小青駕車趕到天津城外，武衛前軍一邊和洋人交火，一邊抵擋從後頭殺來的拳匪。

拳匪，他娘的盡是匪。老耗子看傻了眼，我哭呀，咱大清到底怎麼了。

進不了城，躲到城郊，小青堅持要我領老耗子想法子往南跑，聶士成一支部隊兩頭燒，看樣子挺不了多久，北京城也未必守得住，南邊安全。

我和老耗子兩個老江湖不如小丫頭的見識，如她所說，拳匪打不過洋人，扯聶士成後腿倒是挺有辦法，竟然找到聶家殺了他的老媽媽。

邱先生喉嚨哽住，發出呼呼聲音。大約翰趕緊遞水，邱先生沒喝，他是氣喘不過來，不停張大嘴吸氣。

「約翰先生，我在現場，前方武衛軍拚了命往租界打，後頭散得到處是拳匪，砍了無辜老百姓當教民，燒民宅硬栽是教堂。聶士成家裡七十多歲的老太太，被幾個拳匪衝進門便殺。小青趕去救，來不及。

「中國人的毛病，外頭土匪踹開家裡的大門，做男人的不提棍子打土匪，忙著回頭賞老婆一巴掌：怎麼沒把門關牢。」

聶士成率親兵來救母親，被拳匪包圍，只幾十人，拳匪上千，圍了好幾圈。拳匪搶到槍，朝著聶士成便放，他個子高大，騎在大馬上，每一槍都朝他身上挖出個噴血的口子，血像噴水似的沒停過。聯軍又殺到，槍炮四起，場面亂得啃。

小青穿不過層層人牆，到處是發狂的拳匪，倒是意外的找到小嗑巴。

小嗑巴夾在拳匪當中。

他一路找老耗子，途中撞著拳匪，被裹著來到天津。小嗑巴在天津紅了不少年，很多拳匪見過他的表演，一路上幾個師兄逼他變唬得了老百姓的把戲助陣。刀架脖子，小嗑巴沒法子。

逃不開，拳匪人太多，直到圍殺聶士成，東邊大隊洋兵殺到，西邊潰散的拳匪紅著眼見人便殺，小青朝驢屁股狠抽一鞭要我們先走，我和老耗子便與小嗑巴錯過。

車子跑得凶，也不知到了哪兒，輪子炸子，驢子吐泡沫癱了，我從車板下鑽出找老耗子，說也怪，他仍坐在一塊散掉的車板上，和尚打坐的模樣，動也不動。說不出緣故，打那天起老耗子失了魂，成天坐著發呆，喊他，戳他，就是不動。

如果他見到小嗑巴，說不定不會失魂，可惜沒見到。

小青見到。

她往拳匪圍聶士成的八里台趕去，晚了。遠遠見到拳匪高舉的屍體，只好扭頭追我們，就在這時她見到人堆裡有個大高個子，別人辮子盤頭頂好打仗，他的辮子散成扇子，滿臉慌張。小青以前見過小嗑巴的照片，老耗子成天念記寶貝徒弟，講不停，小青聽得耳朵長繭，老遠認出，拉了他便跑，拳匪想攔，誰禁得住小青的拳腳。她呀，拳打四方，腳踢八面，活脫脫趙子龍百萬軍中救阿斗。

他們搶到馬，慌不擇路，快馬往西逃到霸州。亂兵集中在天津到西北邊的北京城，霸州情況還好，縣太爺沒跑，領了三班衙役守在縣衙門一個勁發抖。

霸州，小青再變出天大的魔術，救了傻不楞登小嗑巴的小命。要不是小青的腦子轉得快，今天倫敦也沒金陵福了。

霸州百姓大多逃難到南邊，留下的也緊閉門窗。滾滾黃沙將小青與小嗑巴捲進無人看守的城門，人生地不熟，走著走著無意間走到衙門口，小青見一旁是爿小銀號，門上一把大鎖，看起來東家與夥計已跑光。她拔出劍，三兩下削斷鎖，大腳踹開店門，把小嗑巴往店裡推。

「事情是小嗑巴後來對我說的，他不明白小青推他進銀號幹麼？小青沒說。進店先砍垮櫃檯，砸了銀櫃，其實店裡一兩銀子也沒。小青從她懷裡掏出幾錠銀子塞進小嗑巴手裡，吩咐他待著，不准出店，她則伸手抽掉髮簪披下長髮，拉破上身衣裳，敞露大半個胸膛，翻身不見蹤影。原來小青直奔縣衙高喊強盜，縣官早嚇得窩在內室，不過有百姓擊鼓鳴冤，不能不強自振作，領了師爺與幾名差役見了衣衫不整的小青。」

「小青陷害金陵福？」大約翰張大嘴問。

「似有若無，似是而非，魔術的道理盡在這兩句話裡。」

小青的魔術玩大了，我見過最了不起的搬運法。程連蘇能把人關進這口箱子，再從那口箱子變出，金陵福能把水缸從無變成有，中國人稱這為搬運法，把錢財從別人的銀庫變進自己口袋。

老耗子由金陵城到天津，一路上玩了不知多少次，先把小石子變成制錢，說能把銀子變成金子，可是手頭上沒銀子。誰不想發財，摸出幾錠銀子要老耗子變。接下來你猜得出，老耗子變出假金子，拐走真銀子。

老耗子可能教過小青，那丫頭機靈，腦子裡盡是機關，把騙錢的戲法稍一改變，用在小嗑巴身上。

你想想，轟動倫敦的金陵福大師當年被個丫頭耍得團團轉，直到縣官領差役衝進銀號，鐵鍊、枷鎖朝他肩上一掛，還搞不清怎麼給小青賣了。

縣內雖不安定，逮到竊賊不能不辦。小青哭啼啼指證小嗑巴搶銀號還要逼姦她，縣太爺見人證物證齊全，判定小嗑巴趁兵亂進銀號偷盜，且汙辱良家婦女，罪不及死，可活罪難免。小嗑巴講話不清楚，何況縣太爺根本沒給他沒開口機會，衙門口水火棒拼扒成大字形，露出大白屁股，實心木頭板子一頓好打，打得小嗑巴呼爹喊娘不嗑巴了。我猜他每挨一板子，肚裡詛咒小青一次。

打完板子關進縣衙內的牢房，打算等亂事過去再公開審訊，以示青天大老爺臨危不亂、守護鄉里。

小嗑巴八月十二日進霸州牢房，十五日北京城陷，老佛爺逃亡西安，九月七日李鴻章與八國公使簽下《辛丑和約》，足足關了二十六天。

除了那頓板子，其他的倒沒吃虧，小青躲入霸州民宅，她本事大，憑兩句切口和當地幫會接上頭，買通師爺和牢頭，天天由人送吃送喝的進大牢，大家收了銀子，免了小嗑巴一天三頓打的苦刑，他又是從小練武的體質，傷好得快。二十多天，給小青養得油滋滋。

八國聯軍和朝廷簽下和約，上面規定得詳盡，主事官員多流放新疆，幾個挺拳匪最力的王爺、尚書賜令自盡。其他的不是就地正法就是削去頂戴。至於肇事拳匪，朝廷下令各地搜捕，罪證確鑿的砍頭了事。

洋兵沒閒著，抓到拳匪槍斃，官府抓到成串的送市場上站籠，以儆效尤。

好抓得很，拳匪的行徑跟打家劫舍的土匪也差不了多少，街坊鄰居恨之入骨，主動向官府舉報。

「奶奶的，當時小青真該割下張德成腦袋。他從死人堆裡找出一套武衛前軍的官服，穿了裝起官兵。武衛前軍死傷慘重，剩下的人不多，認不出張德成是冒牌貨，幾個兵隨他到處抓拳匪。」

邱先生停下話頭，嚥了幾口口水，重重喘氣。

「他逮住回天津途中的老耗子。我一時大意，把失魂的老耗子擱在一戶民家前，想說弄輛車子送他回天津，張德成當場指老耗子是拳匪的紅燈照大師兄，首惡，當地縣衙見張德成一身老虎皮，拿擦屁股的樹皮當令箭，抓住老耗子送天津。我趕呀，顧不得車子，弄匹馬飛奔回去救老耗子。」

邱先生舉起酒壺朝嘴裡灌。

「晚了一步，老耗子被砍了腦袋。」

酒壺被摜在牆壁，咕嚕嚕滾到門邊。

「老耗子死了，他一生不過走江湖賣藝弄兩文錢填飽肚皮，好不容易過幾年好日子，被拳匪拖出來當軍師，眼看他的魔術變成道術、仙術，最後變出血染山河、天下大亂無可收拾的局面。張德成，三生三世忘不了這名字。我收了老耗子的屍首，埋在城西一棵大樹下，立墓碑才忽然想到，從不知他姓什名誰，要工匠刻了左元放之墓五個字。左元放是我們行當的祖師爺左慈的名字。」

逮了老耗子當成紅燈照，官府行文追捕紅燈照的同夥，各縣牢房裡關滿拳匪，其中有人指認殺聶士成時，小嗑巴是同黨，並說小嗑巴是紅燈照的徒弟。

照當時混亂的情況，不必審，拉出去砍頭就是了，偏小嗑巴是縣太爺親手領衙吏抓的，他覺得不對頭，聶士成被拳匪打死的那天，小嗑巴明明搶銀號、強逼婦女被捕。再說怎麼看，小嗑巴都像個膽小的落魄書生，沒拳匪的凶相。

縣太爺開庭審案，兩名拳匪不改口指認小嗑巴是他們同夥，但說不出小嗑巴的名字，也說不出為何小嗑巴在聶士成於天津死亡那天因搶銀號在霸州被捕。

小嗑巴則拿出船票，說明他八月三日抵達天津，登岸後因局勢混亂而逃出天津城，一路上飢寒交迫，想逃往北京又走錯路，不知怎的到了霸州，見銀號以為有吃的，才闖進去。

兩造供詞兜不攏，船票是摩瑟替他買的，上面的名字是英文，花幾天功夫找來懂英文的人，把名字大聲念出：

CHING LING FOO。

縣太爺點頭，果然和該犯自稱的金陵福名字相符，拳匪則說不出名字，顯然誣控金陵福。師爺早收到小青輾轉送去的銀子，朝縣太爺咬咬耳朵，當場判定拳匪誣陷良民，依律當斬。

兩名拳匪下午便斬首，急著將人頭送京報功。縣城內臨時找不到劊子手，金陵福後來說，由市場屠夫代理。屠夫一再表明他殺豬是抹豬脖子放血，從沒砍過活豬頭。幾番陳情，縣太爺同意按照殺豬的方式殺拳匪。

市場擠滿看新鮮的百姓，誰也沒聽過哪朝哪代拿死刑犯脖子劃個口子放血的，得花多少時間才死得了呀。

死得慘，人當成豬宰了。

四名大漢摁住拳匪手腳，兩名扯住辮子，屠夫一手勾牢拳匪腦袋，一手持刀割脖子。想想都犯嘔心，放血的人一時半刻死不了，手腳亂蹬，這麼多人也壓制不住，任由半死的拳匪在地上滾呀翻的。

第二名拳匪嚇昏過去，刀子劃進脖子，馬上比天剛亮的公雞還清醒，兩具屍體從市場蹦到西門口，鮮血濺得到處都是。

縣太爺不知哪根筋不對，雖饒了小嗑巴小命，卻要他陪斬。估計小嗑巴給嚇得去掉半條命。講起這段，他拿茶杯的手抖得水能飛到我臉上。

銀號掌櫃直至九月二十一才回霸州，他向縣太爺陳訴，店內早無金銀，無物可偷，做生意基於與人結善緣，請青天大老爺對搶匪從輕發落。

不相信開銀號的有善心，八成小青早花了不少銀子買通。

至於強姦民婦，找不到原告，人不見了。

師爺私下勸縣官，亂事剛定，百廢待興，金陵福私闖銀號找吃的，沒搶到錢，不如放了，免得朝廷以為霸州處處盜匪，治安不佳。

當然是小青在外頭使的銀子發生作用，她看得準，買通師爺，由師爺轉送禮金給縣太爺。

九月二十七日放了人，金陵福胖了二十斤，小青養的。

我先回天津，聯軍和武衛軍打了好幾天拉鋸戰，炸掉半邊，俄租界剩下殘垣碎瓦，幸好我們住處僅掀了頂。請了幾個人幫忙收拾，掃了灰、抹了泥、上瓦片，整得能住人，小青領小嗑巴回來。

小嗑巴跪在老耗子墳頭哭得我摳心摳肺，人生，由不得人，老天爺定的生死。三個人商量今後怎麼辦。我一把老骨頭，留在天津餓不死。金陵福闖了禍，不如早點回美國，他沒說話。別看我眼睛小，看得可清楚，小嗑巴黏著小青，不肯走了。

凡男人遇到小青，兩個截然不同的反應，一種男人怕，小青的身手、閱歷，一般男人消受不起。一種男人愛，他們見到小青溫柔的一面，忘記小青狠的一面。小嗑巴從小隨老耗子跑江湖，沒見過真正的女人，見到小青，魂飛了。成天跟著小青，狗皮膏藥似的，一旦貼上，黏得撕不掉。

小青得料理不少事情，天津、北京兩頭跑，聽說她的老師跟著光緒皇帝搞革新，我弄不懂大清朝爛得渾身長滿蛆，怎麼個革新法。不干我的事，隨她。小嗑巴處處跟，多大的男人，在小青面前嫩得像剛燙出鍋的蝦子。

小青拿小嗑巴沒辦法，只好認了他當師弟。小嗑巴重組班子，忙著找戲院排戲碼，他不想去美國了。

一天晚上，背著小嗑巴，小青進我屋子，一壺酒一籠包子，我們聊呀，感慨老耗子晚節不保，罵拳匪一窩子師兄弟盡是糊塗鬼。小青不遠千里投靠老耗子，不是想學魔術，她想跟著老耗子看看義和拳有沒有救中國的本事，愈看愈傷心，但老耗子待她好，就一直陪著。

天津那一仗，打掉小青最後一點希望，聶士成、董福祥的新軍有本事和八國聯軍好好打一場，可是朝廷政策一變再變，弄得能打仗的將領既得管制拳民，又得打洋人，兩面受敵。去了北京，她老師和光緒皇帝被慈禧老妖婆拴著，做不了主，別說革新，革舊也不成。

心灰意冷，小青決定走，她買好船票，打算瞞著小嗑巴去美國。

深夜，我醉得不省人事，清早被小嗑巴喚醒才知道小青真走了。

小嗑巴瘋了，找了幾天幾夜，聽說小青去日本，他買到船票跟著找去。我在天津待不住，遲早拳匪向官府指認我，到時沒小青玩搬運法，老命交在別人手裡不是生意經，我買船票，也走人。接下來的故事你已經清楚。

「所以他到倫敦是為了找小青？」

「他來看我，問小青是不是在程連蘇那兒，我沒說是，沒說不是。」

「他一再逼程連蘇果然是為了逼出小青。」

「是吧。」

「胡迪尼用了你的主意，騙金陵福說小青會隨程連蘇參加比賽。」

「這就對了。」

「我們說了謊話。」

「不是我說謊，你說，胡迪尼說。」

「萬一金陵福到了現場，見不到小青不比了，怎麼辦？」

「你的腦子一根筋到底？小青為什麼不在現場？」

「我找不到她——」

「去她住的地方放話，對飯館的、燒飯的、抽大煙的，見到華人就說，遲早傳進小青耳朵，她跟程連蘇多年，能讓程連蘇去送死？」

「又說謊。」

「你說，我沒說，我還努力勸你不要說，期望你做個正直的好人。」

「邱先生的意思是小青聽說程連蘇和金陵福比賽，她會現身。」

「我不是神仙，算不出她會不會現身。」

「如果她還是沒現身？」

「下重藥，海報呀，報紙上的消息呀，說程連蘇和金陵福比賽空手抓子彈，程連蘇出新招，打算空口咬子彈。」

「用牙齒接？」

「對，用上下門牙咬住子彈。」

「小青就會出現？」

「你不是說程連蘇的槍由她管？小青為人負責，不扯爛汙。程連蘇以前沒用門牙接過子彈，她不能不擔心。」

「哈哈，邱先生，逼小青出面的原來不是金陵福，是你。」

「不瞞你說，金陵福拜託我找小青，我辦到了。你拜託我找小青，我也辦到。胡迪尼希望促成比賽，Mr. Choo仍然辦到。收你的錢，我辦妥你請託的每件事，銀貨兩訖。唯獨對不起小青，沒關係，我對她說，我也得想法子活下去，我賺點錢，委屈她見見金陵福，少不了一塊肉。」

大約翰認真看對面的兔子臉，原來邱先生什麼都算計好了。

邱先生的主意果然在金陵福身上發揮作用，聽完摩瑟的翻譯，繃緊的臉色從眼睛開始逐漸放鬆。他向摩瑟點頭，難得的伸出手，重重握住大約翰的手。

金陵福玩戲法不需要助手，他要摩瑟陪著。至於同不同意玩《空手接子彈》，他不置可否，摩瑟推大約翰出去。

「表演什麼，到時再說。不過大約翰，你們的做法不太光明，空手接子彈是程連蘇玩過的魔術，金陵福沒玩過。」

金陵福沒玩過，可是他師父老耗子在拳匪面前公開玩過。大約翰忍住沒說。

珍妮聽到金陵福同意，沒太多表情，倒是程連蘇由法蘭克和水仙陪著出面。透過珍妮，程連蘇一再詢問金陵福的態度，對於《空手接子彈》，程連蘇沒立即同意，大約翰明白，小青仍未回來。

報館內一片歡呼聲，一旦程連蘇和金陵福公開較量，多轟動的表演，應該是魔術史上最大的新聞。杭特擬好宣傳計畫，由胡迪尼出面接洽表演的劇場，他發動所有同事將消息放給其他同業，盡量播種，《周日派送》收割成果。

大約翰沒太多興奮，他趕去電報局，收到美國的回音。

查遍美國的魔術師，沒有程連蘇這號人物，金陵福卻是人人皆知。倒是有幾個美國人扮成中國魔術師，增加舞台效果。偉大的赫曼用過名叫威廉．羅賓遜的助理，曾經幾次扮中國人。電報並提到羅賓遜在美國聲名狼藉，先是魔術師凱勒的助理，被赫曼挖去，洩漏凱勒拿手戲法《降神會》的秘密，凱勒再把他挖回去，同樣洩漏赫曼的秘密。奇怪的是一八九九年起，羅賓遜消失於舞台，下落不明。

拿著電報，大約翰渾身發燙，到室外吹了好一陣子的冷風才略為平靜，他需要威廉．羅賓遜的照片，如果比對之下，證明與程連蘇是同一個人，他再賺到一條賣錢的新聞。

邱先生的每寸肌肉都會動的臉孔出現在眼前，大約翰提醒自己該學會狡猾，這時公開程連蘇的真實身分會毀了比賽，不如等到比賽結束再說。

沒有再思考的時間，大約翰是這個冰凍季節最不可能被冰凍的人，報館要他再去和金陵福溝通，因為金陵福對比賽仍有意見。不只金陵福，程連蘇更有意見，金陵福接受《空手接子彈》，但不同意胡迪尼為公證人。程連蘇接受各帶一名助理，接受《空手接子彈》，不過不同意公開演出。

為什麼中國人不能一次把事情講明？

摩瑟笑嘻嘻站在後門等大約翰，沒請客人進劇場，反領著大約翰走在一旁的雪地裡。

陰沉的天幕很低，骯髒的雪地硬成石塊，摩瑟的硬殼圓頂氈帽擋住冷風，塞在兔皮手套內的兩隻手背於腰後。

「一天之內跑幾趟，辛苦。胡迪尼跑來大吼大叫，以為金陵福排斥他，不是的，金陵福歡迎胡迪尼繼續當公證人，只是希望增加一位中國公使館的人員，我們總得搞清程連蘇是不是中國人對嗎？」

大約翰心頭一沉，如果公證人來自中國公使館，程連蘇一定拒絕參加。

摩瑟沒回頭，他以右手食指頂高額頭的帽簷。

「能告訴我程連蘇選擇的助理是哪位嗎？」

大約翰再次見到邱先生的兔子臉孔。

「摩瑟先生，能不能誠實的告訴我，金陵福到底要什麼？」

摩瑟笑著沒回答。

大約翰不耐煩了：

「如果告訴你程連蘇的助理是小青，能不提請中國公使館的人擔任公證人的提議嗎？」

摩瑟停下腳步，伸出他的手套：

「你能保證程連蘇的助理是小青，我保證即日起金陵福對比賽不再有其他意見，他甚至連你們準備的是咖啡或茶也沒意見。」

大約翰凍得紅通通的手握住手套。

解決了金陵福，得再去見程連蘇。

「經過縝密的考慮，程連蘇覺得他和金陵福之間的事，不需要公開。」

珍妮在法蘭克的陪同下出現在報館樓下，不過拒絕進去。她看著玻璃窗內的報館抽動鼻子。

「程連蘇以為在不對外公開的空間內，有胡迪尼作為公證人已足夠，他不想讓金陵福太難堪。」

哈。大約翰謹慎的措辭：

「程連蘇不在意比賽的收入？」

「不在意。」

既然程連蘇不在乎收入，若金陵福也不在乎，報館依然有獨家的全部過程報導，唯一有損失的恐怕只剩胡迪尼。

三天後，在胡迪尼吵了三天之後，《周日派送》當期的報紙上市，倫敦街頭當時飄下黑雪。報紙首頁標題是：

程連蘇、金陵福魔術決鬥：空手接子彈

當然，在城的另一邊，標題是：

金陵福．程連蘇魔術決鬥：空手接子彈

左慈的酒碗　Zou Chi's Bowl

人人期待兩名中國魔術師的比賽，尤其是《空手接子彈》。日期訂在周四，主編要求大約翰當天下午五點前完稿，因為印量預計增加一千份，必須給印刷廠更多時間。壞消息傳來，三個星期前德國魔術師艾德文．林德堡表演《空手接子彈》時喪命。各報對他的死法寫得不盡相同，第一種說法，林德堡使用前膛槍，助手應該在裝填彈丸時以磁石吸出彈丸，沒想到沒吸出，助手也未檢查，於是射出真的彈丸，命中林德堡胸口。第二種說法則是林德堡使用後膛槍，應該填入空包彈，卻誤植真的子彈。第三種說法比較難令人信服，林德堡用前膛槍，以障眼法取出彈丸，沒想到助手貫入太多火藥，射擊時轟爆槍口，雜物射入林德堡胸部而喪命。

倫敦的魔術師與熱中魔術的人陷入奇特的哀悼之中，無論在劇場或酒館都聽得到耳語般的討論，為林德堡的死感到悲傷和不解。舞台上玩真刀真槍，變數實在太大。說法雖多，林德堡的死可能使兩個中國魔術師放棄《空手接子彈》的比賽，報館與胡迪尼反倒更堅持《空手接子彈》。大約翰縮在角落，他想像大門緊閉的表演場地外面圍著焦急等待結果的各報記者，程連蘇與金陵福各執一把槍上台，槍聲傳到戶外，倫敦的讀者等著最新一期的《周日派送》。

即將天亮，鞋童再次敲玻璃喚醒大約翰：

「看到金陵福的槍，三個小時前有個很老很老的中國人送去劇場，金陵福開的門，他還是把褲子穿在裙子裡面。」

中國式的長袍，不是裙子。大約翰懶得糾正鞋童。

「很老的中國人，多老？」

「比老還要老，比埃及的木乃伊更老。」

忍不住笑出來，醒了。

大約翰翻主編的抽屜，找出裝餅乾的罐子與半瓶酒。鞋童狼吞虎嚥吃餅乾，大約翰則喝下兩口酒。

「中國老人在一個小時前才離開劇場，聽到裡面好像有槍聲。」

金陵福試槍！

「半小時後摩瑟坐車來，他大衣下面是睡褲的褲管。」

看樣子大約翰不必擔心金陵福臨時變卦不肯演《空手接子彈》。

「齊朵公主跑出劇場，她一直哭。齊朵公主是金陵福的妻子嗎？」

恐怕金陵福試槍的結果不挺令人滿意，不會打傷了人吧？

邱先生不是幫胡迪尼改槍，怎麼又幫金陵福？他一槍兩賣？

讓鞋童睡他的溫暖的臨時床鋪，天微亮，大約翰已站在紅燈籠下。

「早起的約翰先生，沒有蟲吃，可是有中國式的早餐，所有材料飄洋過海剛從碼頭送到我這兒。」

大約翰懷疑邱先生整晚待在店內，他有家嗎？

「看你鼻頭泛紅，眼睛無神，一定又拿威士忌當牛奶。約翰先生，你存心浪費酒。」

盤坐在椅子內的兔子彎腰，從檯下拎出一鍋冒著米香的熱湯，再拿兩個陶罐以筷子夾出比他指甲乾淨不了多少的乾菜。

「吃粥和中國醬菜。」

和小青帶他去倉庫見到的中國稀飯不一樣，邱先生的摻了切碎的菜葉。

邱先生吃飯發出呼嚕嚕的聲響，大約翰不習慣用筷子夾糊狀的米粒，不得不學著拿筷尖當槳將稀飯划進嘴裡。

「中國人早上得吃熱的，古有名訓，吃冷的對腸胃不好。你來是為了金陵福的槍吧？」

「你不是答應胡迪尼？」

老人縮起脖子，笑得臉皮皺得如乾橘子。

「約翰先生消息靈通，在倫敦金陵福只能求我幫忙改造道具槍。的確，本來該替胡迪尼做，德國打死個魔術師，嚇得他臨時取消訂單，恰好金陵福找上門，你們的上帝真照顧孤苦無依的中國老人。我賺金陵福一大筆，很大一筆，時間緊張，他沒有其他選擇。」

「什麼樣的槍？」

「商業秘密。」

「他在美國從未表演過空手接子彈，不至於太冒險？」

「嘖嘖嘖，約翰先生又忘記魔術無非是手段和道具的基本道理。接子彈的方式太多了，上個世紀東歐魔術師不就已經把鐵杯塞在嘴裡，子彈射進去有叮噹聲，增加效果。」

「好吧，不問他的槍，可以問他打算怎麼表演？」

「不行喔，約翰先生犯規，如果你知道他怎麼表演，告訴程連蘇怎麼辦？小青回到程連蘇那兒了？」

「沒聽說。如果她沒現身，邱先生認為比賽會生變嗎？」

「呵呵呵，約翰先生又用詭計套我的話，還好我賺到錢了，基於你陪老人吃早餐的孝心，免費分析一下。如果小青沒現身，程連蘇會輸，金陵福會生氣。金陵福一旦生氣，我猜他扯破臉當場揭穿程連蘇不是中國人的秘密，讓記者追問程連蘇，然後全倫敦的人都知道程連蘇不是中國人。」

「聽起來，程連蘇很慘。」

「然後某家報館請中國公使館的人到劇場，當場以中國話詢問程連蘇。」

「程連蘇完了。」

「然後中國公使館宣布程連蘇不是中國人。」

「他到底是哪國人？」

兔子缺了好幾顆牙的嘴裡噴出飯粒，噴得桌面到處都是。

「總之，紅遍倫敦幾年，他太自傲，不該向金陵福挑戰。」

「小青是中國人，她能救程連蘇嗎？程連蘇得先找到小青。」

「犯規犯規，約翰先生又犯規，你想騙我說出小青的下落。」

「你知道？」

「本來知道，現在不知道。」

「什麼意思？」

「昨天她在教堂，今天走了。」

大約翰放下碗，嘆口氣。

「可惜。」

「你從沒打算付錢給她，她沒什麼好可惜。」

「她怎麼會進教堂？」

「Why，why，why，約翰先生的口頭禪。我不是你老師，不必回答。你是記者，找答案是你的工作，與我無關。」

「她是中國人，為什麼進教堂？」

「又是why。好吧，透露一點，小青是教徒。」

大約翰的筷子停在碗內，中國女人是基督徒？怎麼可能？

「媽媽是基督徒，女兒也是基督徒，有什麼好奇怪。」

大約翰翻遍口袋，所有的錢往醬菜旁一放，邱先生笑了。

「真好，昨天忙一天生意，今天一早又有生意，財源廣進。」

兔子眼睛大了，五隻爪子颼風一般掃過桌面的錢。

「約翰先生最近有點窮？」

大約翰不好意的再吞下一大口稀飯。

「人難免有窮的時候，我能體諒。」

黑爪子捻出一枚銅板在有限的光線下檢視。

「記得小青上台演過程連蘇的魔術？」

「記得。」

「她演誰？」

「半身的女狀元。」

「那是她媽，親生母親。」

大約翰手中的碗幾乎落到地板。

我和小嗑巴躲在老耗子的破布底下逃過一劫，金陵城內太平天國官員、兵將和老百姓可逃不掉。殺呀，曾老九領的湘軍進城見人就殺，見貨就搶，他們自稱是儒家的保護者，太平天國信仰的上帝是邪教，孔老夫子教他們殺人，教他們當官兵就能四處燒房子、搶人搶錢嗎？

呸他個曾國藩兄弟。

金陵城內死的人無法計算，屍體來不及埋，堆滿車子往長江倒，塞得江水不流，魚蝦吃到翻肚皮暴斃，上海人足足掩鼻過三個月的日子。

其中一個死者是小青的媽媽傅善祥，太平天國的女狀元，第一名。

中國四千年歷史，考試考了兩千年，不過一向只限男性，直到太平天國才設女科，准女孩子參加考試。怎麼，沒想到吧，英國女人爭投票權，中國女人已經可以考試當政府官員了。

她考第一名，被任命為官員，太平天國信上帝，當然得念《聖經》。中國版的《聖經》和你們的不太一樣，不過照樣有上帝、有耶穌、勸人為善。中國版的《聖經》名字不同，叫《勸世良言》，聽起來像不像孔老夫子寫的書？太平天國上上下下平日念《聖經》、每周參加禮拜，比你們洋人還基督。

無法想像吧。不是我老邱仇洋，實在，唉，你們為了利益寧可和滿清政府打交道，不肯聽聽中國改良派的耶穌弟弟的聲音。

傅善祥在一八五三年考中狀元，她二十歲。一八六三年金陵城被攻破，死於亂軍之中，留下一個女兒，早先交給好朋友帶出城，在江南鄉間的小村子長大，這位好朋友功夫了得，是小青的養父兼師父，猜猜小青的教名。

沒錯，對外她叫傅霜，是為了掩人耳目，她母親為她取的名字是傅馬利，馬利，你想到什麼沒？

耶穌不是有個女弟子抹大拉的馬利？

從她跟隨老耗子，一有空便見她翻《聖經》，我還以為她愛看《西遊記》咧。幾次經過被燒毀的教堂，她捏著念珠默念許久。

怎麼知道的？她隨程連蘇到倫敦，第一個找的就是我，問我到底英國國教和天主教有什麼差別？我哪懂，後來不知怎的，她上了天主教的教堂。

你現在看到的小青和以前的完全不同，少了殺氣，多了祥和，想像不出她在天津城外揮劍對付上百名拳匪的凶狠模樣吧。

至於她到美國，除了躲金陵福，可能對中國失望。本來期望義和拳、皇帝與他老師的改革能救中國，不幸皇帝被太后拘禁，改革派全以叛國罪砍頭，皇帝的老師僥倖逃亡到香港、加拿大、日本。我的推測，她到日本是想追隨皇帝的老師。

別看她瘦弱女人，江湖打過滾，大江南北幫會的人多少聽過女俠的名號。她師父兼養父是上海小刀會的大師兄，和你們英國人的工會頭子性質差不多，不過比較講究義氣和輩分。小刀會和長江、大運河的船運，和上海、天津的航運關係密切，每個碼頭都需要幫會的綑工、扛工，她坐船跟回家一樣。不告而別後她的船經過日本，她留下待了一陣子，聽口氣，旅居日本的中國革命派留學生分成主張成立共和國和君主立憲制兩派，彼此不來往。小青說合不了他們，灰心之下跳上往美國的船。

小青是風的動物，你看天上的雲，風怎麼吹，它們怎麼飄；你看飛行的鳥，隨季節移動。小青隨著風、隨著季節，飄蕩飄蕩。

到美國遇到程連蘇，中國人相信緣分，程連蘇需要人手，小青既是中國人，懂魔術，又只求個躲開是非遮風蔽雨的窩。能體諒她的心情。那年我離開天津，上洋火輪打雜、燒飯，經過香港、新加坡，曲折到了倫敦，若非魔術賞了我口飯吃，說不定受老耗子的紅燈照牽連，腦袋早在天津給人摘了。

做人得有良心，程連蘇待她不錯，給她自由的空間和時間，慢慢她的心情安定，不想再波動。金陵福來到倫敦，攪亂她的生活，當然不想見面。

「小青和金陵福，」大約翰欲言又止，「他們？」

「他們怎樣？男女感情之事，對不起，我上岸多年，早已波瀾不興，沒感覺，沒興趣。」

「金陵福為她追到倫敦，不會沒有原因。」

「當然有原因，想知道？去問小青。」

大約翰不再說話，邱先生將桌面碗盤收進桌下。

「給你的藥吃了沒？」

大約翰點頭。

「別想騙我，吃去，吃完再來拿。」

邱先生烏黑長指甲的指頭戳在大約翰額頭。

「別學金陵福，為個女人從東洋追到西洋，至死不會明白追了一生一世的不過是場夢。」

「夢？」

「追到手，是噩夢；沒追到手，是春夢。像你，給女人趕出家門，夢該醒了。」

從不見邱先生出門，消息倒很內幕。大約翰沒再問下去，邱先生卻沒放過他，一包草藥冒在桌面。

「吃了，不會再想女人，就沒夢了。」

邱先生的爪子搔著耳後自言自語：

「沒夢，做人好像少了點意思？」

仍無小青消息，鞋童盯住程連蘇的劇場，不曾見到她。大約翰相信小青會回到程連蘇那兒，畢竟她不能眼睜睜看程連蘇垮台。

報童帶來好消息，他藏在劇場包廂內，親眼見到金陵福試射了他的魔術槍。

新式的德造毛瑟一八九八式後膛步槍，單發子彈上膛，開槍的是齊朵公主，別看她個頭小，肩膀頂得住能把大男人炸飛的後座力。先由摩瑟扮演檢查子彈的觀眾，他以小刀在彈頭做了記號，再將子彈交給齊朵。上膛、瞄準、發射之間，摩瑟、齊朵或其他人都沒接觸過位於舞台另一頭的金陵福。

為了證明子彈的確射出去，在金陵福與齊朵之間擺設一片透明玻璃，子彈先將玻璃炸成碎片，再被金陵福接住。

「用手接？用牙齒接？」

「當然用手。」報童困惑的回答。「牙齒怎麼接？」

關鍵在於摩瑟是自己人，他在彈頭做的記號和已握在金陵福手中的彈頭一樣，只要齊朵射出空包彈或根本槍膛內沒有子彈，金陵福擺擺身段便等於接到子彈。令大約翰想不透的是玻璃怎麼破？

至少由準備情形來看，金陵福絕對會參加比賽了。

無暇想金陵福的魔術，甚至無暇找小青，程連蘇與胡迪尼輪流折磨報館，對比賽仍不斷有意見。胡迪尼覺得即使不在劇場比賽，至少應該在俱樂部，偷偷摸摸的缺少公信力。程連蘇則一再打聽金陵福帶去的助理是什麼人？如果是公使館的中國人，他拒絕參加。金陵福倒像吃了定心丸，既不問比賽細節，也不問小青下落。

難擺平的倒是報業同行，每家報館都希望能實地報導比賽的經過。

幸好波折之中，時間始終板著臉孔公平、公正的消逝，大約翰盼到的星期四，一早便被杭特叫醒，與其他同事過街進聖殿教堂旁的小劇場布置場地。最後的協議變得單純，地點必須是隱密的劇場，除《周日派送》的相關人員和胡迪尼之外，其他人不得進入。程連蘇提出的要求，他始終對中國公使館是否有人參加極為在意。金陵福方面對此仍持保留態度，胡迪尼一氣之下拒絕出席。

舞台較小，不過比賽不需要布景，雙方各兩人，大約翰量過舞台寬度，如程連蘇要求的三十步以上。

矛盾，主編對大約翰說，魔術師希望距離遠，比較安全，可是距離若太遠，萬一助手射不準豈不容易發生意外？大約翰不方便明說，其實子彈不可能離開槍口，如果真射出子彈，即使全球最有名的兩大魔術師凱勒與赫曼也保不住性命。

剛忙定，程連蘇如約於上午十點抵達。他既要《周日派送》保持秘密，偏又和水仙、法蘭克、珍妮大冷天坐敞篷大汽車一路招搖引人側目。

大約翰忙著阻止同業闖進劇場，還得再和程連蘇溝通，明明講好各帶一名助理，為什麼變成四人？程連蘇擺動長辮子未回答，珍妮開的口：

「我們從未同意這項協議，你們單方面決定的。」

水仙以薄紗遮住大半張臉坐在觀眾席第一排中間，好整以暇等金陵福的到來，珍妮在劇場外和十多名記者有說有笑。法蘭克扮成神燈內冒出的精靈，兩手將槍捧在胸前。

程連蘇出奇的興奮，在舞台上跺來跺去，不時用力跳兩下測試地板的強度。不知珍妮從其他記者口中聽到什麼，進來對大約翰提出嚴正聲明，比賽講好各自表演《空手接子彈》，由金陵福先表演。

當初不是說好誰先表演由兩位魔術師現場抽籤？又變卦。

沒見到小青，為程連蘇管理槍的是法蘭克，寶貝似的捧著槍始終不發一語，如果小青未出現，開槍的想必是擔任助手的他。

杭特準備周到，茶、酒、點心一樣不少，一再表達無論比賽結果如何，兩位偉大的中國魔術師能留點時間和《周日派送》的記者、編輯多聊聊。

程連蘇不喝現場的茶水，水仙為他捧了壺自己沖泡的綠茶，茶香味瀰漫半個劇場，珍妮得意的說，來自中國雲南高山裡的茶葉，很少人喝過，但不在意請金陵福喝一杯。

法蘭克一再檢查手裡的槍，大約翰看得出是新式的後膛槍，意味發射的是尖頭的子彈，與舊式前膛槍發射的彈丸不同。看不出是哪種槍，不過感覺得到細長的槍身露出精練的騰騰殺氣。而且大約翰直覺的確定，槍是小青改造的，從槍柄柔和的線條、槍機外表雕的花樣枝葉、法蘭克拉動槍機時清脆的聲音，處處透著女人的秀氣。

依雙方協議，子彈與槍枝由公證人檢驗、做記號，既然胡迪尼不在，由主編杭特出任公證人。兩邊各攜帶六發子彈入場，比賽前由公證人挑選其中一枚，並由公證人上膛。

不僅創紀錄的由兩名魔術師表演相同的《空手接子彈》魔術，而且用的是後膛槍，子彈經過檢查，空包彈逃不過檢查，最後由公證人上膛，減少助手換子彈的機會。助手與魔術師之間不得接觸，主編做過記號的子彈無法傳到魔術師手裡。杭特早計畫好，用小刀在彈頭刻上R而非一般常用的X，兩個魔術師事前都不知情，無法先將做了同樣記號的子彈藏在身上。

同意杭特為公證人的重要原因是他曾在印度服役多年，使用過五種步槍，不會發生外行人胡搞造成的意外。

程連蘇和金陵福料不到他們的對手是身為第三者的杭特。

安排得空前謹慎的《空手接子彈》魔術，大約翰已得知金陵福會在他與助手間安裝一片透明玻璃，子彈穿過玻璃再射向他。程連蘇也想到增強舞台效果的方法，他把《射穿公主》用的薄紙安放在中間，子彈得先穿過紙。兩者相比，金陵福的玻璃更有震撼性也更困難，因為玻璃的硬度超過紙張，說不定因此改變子彈的軌道。

話說回來，反正子彈既然不可能離開槍口，玻璃和紙張沒差別，倒是好奇怎麼製造玻璃破裂與紙張被射穿的魔術。

程連蘇應該不曉得金陵福用的是邱先生幫他準備的新式後膛槍，他沒有小青，金陵福卻有原來為胡迪尼訂做的槍。

程連蘇昂首登上舞台由水仙幫他整理辮子，一切就緒，只等金陵福。

金陵福人呢？

他記錯時間嗎？

十點半，金陵福未現身，珍妮不客氣的對杭特發了一頓脾氣。

十一點，珍妮尚未發脾氣，杭特先對大約翰發脾氣。

十一點三十分，珍妮要求杭特宣布程連蘇獲勝，否則她打開門讓其他報館的記者進來評理。程連蘇似乎不在意金陵福的遲到，他在舞台上玩起紙牌遊戲，逗得《周日派送》的員工頻頻叫好。

不能再等，大約翰衝出劇場跳進汽車趕去帝國劇場，莫非摩瑟忘記今天的比賽？不太可能，但究竟出了什麼差錯？

帝國劇場休息中，後台空蕩蕩，大約翰喊摩瑟的名字，沒有回應。打算轉去金陵福下榻的旅館時，小鞋童吐著大氣衝上舞台：

「金陵福，金陵福的經紀人叫你去酒館。」

「哪家酒館？」

「說你知道。」

艦隊街！

原來程連蘇在劇場內玩撲克牌，金陵福卻在對面的大街喝酒——不對，金陵福怎麼可能再進那家曾令他受到歧視的酒館？

車子停在酒館前，急躁的大約翰幾乎撞飛木門，他擔心酒保、酒客又讓穿長袍、梳長辮子的金陵福難堪。

氣氛還好，摩瑟與金陵福靠著吧檯，他們面前仍然只有一杯啤酒，所有酒客當金陵福是空氣，雖然存在，卻看不見、摸不著。

「摩瑟先生，今天約好和程連蘇比賽，時間過了，你忘記嗎？」大約翰管不了酒保湯姆的白眼，他抓住摩瑟手肘大聲問。

摩瑟攤開兩手，金陵福則用沒有感情的眼神看看他。

「程連蘇早到劇場，大家等你們，就在對面，現在趕去說不定來得及。」大約翰焦急的喊。

摩瑟嘆口氣，端起酒杯喝酒。

「難道金陵福大師存心爽約？」

大約翰覺得氣氛不太尋常。

「別急，」摩瑟拍拍他手邊的吧檯，「既然來到酒館，金陵福請你喝酒。」

喝酒？

金陵福難得的咧嘴笑著看大約翰。

喝什麼酒？湯姆仍擺著臭臉，哪裡有酒？

金陵福從衣袖拿出一個大碗，交到大約翰面前。大約翰接過碗，是個碗，普通的碗，碗口畫了圈中國人稱為雲朵的方格子圖案。他敲敲，沒錯，陶土燒製的碗。

金陵福捲起袖子，和平常玩魔術前相同，用夾子將袖口夾在肩頭，露出兩條乾瘦的胳膊表明沒藏任何物品。他收回大約翰檢視過的碗，放在檯上。

「酒碗在我們三人中間，」摩瑟指著碗說：「如果你擔心金陵福換了別的碗，要不要在碗底做個記號？」

不必做記號，不知什麼時候周圍多了幾十雙眼睛，全是現成的證人。

在酒館裡玩魔術？湯姆沒表示意見，斜眼看著吧檯上的碗。

金陵福仍對大約翰淺笑。他伸手在碗內撈東西似的轉了幾圈，證明是空碗，從懷內摸出青花白瓷酒瓶，送到大約翰鼻前。

嗆人的酒味。

酒館響起議論紛紛的雜音。

大約翰接過瓶子，光滑冷冽的中國瓷器。搖搖瓶子，有液體，七、八分滿。

酒瓶回到金陵福手中，他拔起瓶塞，朝碗內倒酒，咕嘟嘟，透明的酒液倒滿大碗，幾乎溢出。

金陵福做個手勢，大約翰不客氣伸出指頭沾了碗內的酒送進嘴。

酒，燒進喉嚨的烈酒。

「金陵福請你喝酒，」摩瑟也沾了酒嘗嘗，皺緊眉頭，「老天，這是酒還是酒精？」

金陵福發出大笑，他端起碗，就嘴喝下一大口。

他抹乾嘴角，露出滿足的表情。

經他這一喝，碗內剩下八分滿左右的酒，表面微微蕩著水的波紋。

「請你喝的酒就是這碗裡的，」摩瑟鎖緊幾乎連到一起的眉頭，「一人一半，公平嗎？」

「為什麼請我喝酒？」

「為金陵福做了件對不起你的事表示歉意。」

「你是說他沒如我們約定的出現在劇場參加比賽？」

沒等摩瑟回答，金陵福拿出一根筷子，往碗內的酒中央很慢很慢畫出一道水痕。

「你喝哪一半？」

「什麼一半？」

筷子畫過酒的中央，畫的痕跡馬上消失。酒是液體，不是蛋糕。

「既然你客氣，由金陵福先喝吧。」

金陵福兩手捧起碗，略略轉動，好像找到他那一半酒的中間位置，仰首喝起酒。大約翰看見金陵福喉結的抖動，聽到喉嚨發出嚥下酒的聲音。

金陵福放下碗，滿足的以手背擦嘴。

「他喝了一半的酒，剩下半碗是你的。」摩瑟說。

酒館的人圍得吧檯幾乎蚊子也鑽不進去，所有人同一時間發出驚嘆聲，大約翰更驚得閉不攏嘴，碗內果然留下一半的酒，切蛋糕似的，少了一半，留下另一半，可是中間沒隔板，剩下的酒怎麼可能僅占據半邊碗的空間？

當他伸手打算戳碗中的酒時，摩瑟伸手攔住。

「這個戲法叫做左慈的酒碗，一千多年前中國遊戲人間的魔術師，左慈，他和有權有勢的丞相喝酒，冬天，沒魚，左慈便拿釣竿往裝水的桶子內釣，竟然被他釣出一條魚。」

「空中釣魚。」大約翰脫口而出。

「對，空中釣魚。有了魚，丞相高興，請左慈喝酒，他們就是這樣喝的。一人一半，誰也不多一分，誰也不少一分。故事記載於中國皇室編撰的歷史書裡，不是傳說。金陵福今天重演歷史，請喝。」

看著金陵福與摩瑟四隻笑眼，大約翰捧起碗連著幾口喝乾剩下的酒，辣得差點隨打嗝噴出燒在咽喉的酒液。

是酒。金陵福變什麼魔術？

「請檢查，同一只碗吧？」

倒轉碗底，大約翰點頭。

「果然喝的是酒？」

再點頭。

「如果金陵福今天出席你們安排的比賽，你覺得程連蘇和金陵福誰會贏？」

「誰輸誰贏，得到俱樂部在公證人的面前表演才能判定，我們當初說好的。既然金陵福覺得他的酒碗戲法一定能贏，為什麼當初答應表演空手接子彈？為什麼臨時變卦不去比賽？」

「請你回去告訴程連蘇，金陵福今天不參加是因為，」摩瑟看看微笑的金陵福，「小青，程連蘇的助手小青。她救過金陵福，程連蘇救過小青，金陵福今天代小青還程連蘇這個天大人情，從此程連蘇是程連蘇，小青是小青，飛鳥與地鼠，蝴蝶和數學。」

「兩回事，金陵福可以拿這個碗請程連蘇喝酒，感謝程連蘇救過小青，比賽還是比賽。」

「金陵福退出比賽。」

金陵福張開嘴笑，摩瑟倒拍自己的後腦。

「別問我為什麼，大約翰，我是這個古怪中國魔術師的經紀人——你認識中國人嗎？對，你認識邱先生，或許可以體會我的心情，他們東方的邏輯快把我搞瘋。總之，金陵福不比賽了。」

大約翰整理思緒，努力壓抑情緒以平靜的口氣問：

「所以金陵福為了感謝程連蘇救過小青而寧可違約不去比賽？」

摩瑟點頭。

「記者在現場，他們會寫金陵福懼怕程連蘇的本事，不敢出席。」

摩瑟繼續點頭。

「金陵福從此名聲掃地！」

摩瑟戴回手套，金陵福放下袖子。

摩瑟將酒錢放在檯面，金陵福打算收起酒瓶，卻轉念放進圍觀人群裡伸來的一隻長滿毛的大手掌裡。

金陵福先往外走，摩瑟向酒客一一點頭示意，跟著出去。由單薄的鼓掌聲，逐漸變成全館的鼓掌聲，摩瑟沒回頭，可是他舉起一隻手左右擺動。

大約翰不知該怎麼處理，他攔在門口，漲紅臉指著金陵福大聲責問：

「就算你會一千多年前左慈酒碗的魔術把酒切成兩半，就算你能眨眼之間把地球變不見，金陵福先生，輸了今天的比賽，無論你多偉大，永遠只能算是第二偉大的中國魔術師。」

摩瑟沒翻譯，金陵福卻自顧自笑著走進戶外的雪花之中。

關於這場世紀比賽，金陵福沒有理由的缺席，所有媒體認為程連蘇當然贏了，氣得發抖的杭特更鄭重宣布金陵福失信，因此程連蘇贏得比賽。

程連蘇在記者面前玩了許多簡單卻吸引人的戲法，逗出滿場的鬨笑，得意的帶美麗的水仙、高大的法蘭克、抬頭挺胸女王般的珍妮離開比賽場地，戶外落下觸地即融的細雪，他們登上敞篷汽車響著鴨子叫的喇叭聲離去。

他沒表演《空手接子彈》。

記者趕回各家報館發稿，可以想見接下來一個星期的報紙都是程連蘇打敗金陵福的消息。程連蘇終究是世界上最偉大的中國魔術師。

大約翰沒說出他與金陵福合喝一碗酒的事情，沒說金陵福不參加比賽的原因，也沒找程連蘇傳達金陵福為小青而拱手讓出比賽的原委。他走進對面的酒吧，試著在中國酒與啤酒之間寫出一篇〈左慈的酒碗〉的文章，沒寫成，大約翰趴在桌上，中國酒太烈，他醉了。很久以後進來高大削瘦梳長辮子的中國男人、穿棉襖顯得臃腫的矮小中國女人，他們扛起大約翰，送上馬車。

第二天大約翰在辦公室醒來，杭特的臉孔貼著他的鼻尖：

「找到金陵福了嗎？」

大約翰無奈的回答：

「沒有。」

金陵福並未因媒體認定他被程連蘇打敗而離開倫敦，他的戲法一再翻新，大約翰倒是沒再見到百思不得其解的《左慈的酒碗》，金陵福則以《變臉》又一次引起轟動。

跳在舞台上，做出中國戲劇裡身段，忽然他臉上多了塊緊貼臉孔的面具，畫得五彩繽紛像猴子、像黑人、像天神的面具。扭頭之間變成另一塊面具，最後面具消失，露出金陵福不常見的笑臉。

包括記者、觀眾，甚至魔術師，所有人討論究竟金陵福怎麼在一兩秒之間換上另一副面具？

當大家認定布製的面具藏在金陵福頭頂的帽子內，以纏於手指的細線拉下面具，金陵福改變表演方式，他不戴帽子，光閃閃的額頭什麼也藏不住，推翻所有人的臆測。

金陵福雖不再向程連蘇挑釁，程連蘇即使贏得比賽，仍承受極大的壓力。

唯一令程連蘇鬆口氣的，金陵福從此不再指責程連蘇是冒牌中國人，也不威脅的叫嚣找中國公使館的人見證程連蘇中國人身分的真假。

大約翰可以寫出小青的故事，揭露金陵福未參加比賽是因為小青的秘密，可是幾次提筆，熬一整夜，他寫不出一個字。

任何記者向摩瑟求證金陵福是否因懼怕輸給程連蘇而未出席比賽，摩瑟永遠回答：

「無可奉告。」

進邱先生的小店，喝茶、吃醬菜，老人對大約翰的問題總是顧左右而言他，頂多重複那句老話：

「約翰先生，犯規犯規，魔術師發明的戲法我不能說，小青是戲法，她在比賽當天把金陵福變不見了而已。」

金陵福雖然買下邱先生製作的道具槍，從未表演《空手接子彈》，也許他已經有更動人的戲法，不需要玩程連蘇拿手的魔術。

最令大約翰揪心的，小青真不見了。珍妮不說，法蘭克不說，報童與鞋童守了好幾天，不見小青。

去了萊姆豪斯幾次，小青的住處剩下孤單的屏風，傍晚的日曬將屏風的影子拉得很長很長，如一道鴻溝將房間截成兩半。連同幾個木箱，已人去樓空。

她就這麼消失？為什麼？

大約翰縮在酒館的一角，他必須在今晚交出《變臉》的稿子，稿紙上寫著：

> 金陵福帶來驚奇，濃厚東方謎樣的魔術和難以想像的豐富色彩，這次的《變臉》，乃至於之前的《大缸飛水》，無人能解開其中的秘密。金陵福在倫敦的確創造新的傳說。

停下筆，他走到酒館外聽到除了烏鴉叫聲之外，多了其他的鳥叫。春天到了，中國人的說法，春天才是一年新的開始，而他仍得寫出說服不了自己的稿子。

大約翰寫的稿子未引起過去那般的轟動，因為另一家報紙刊出更大的新聞，儘管大約翰斥之為捏造的消息，但才上市便被搶購一空，首頁的標題是：

金陵福的詛咒

大意是金陵福那天被程連蘇設計的事情絆住，錯過比賽，他輸得令人遺憾，程連蘇贏得未免太不光明。為此，金陵福對程連蘇下了惡毒的詛咒。

文章裡一再分析《變臉》，能表演這麼複雜、神奇魔術的金陵福不可能沒有原因的退出比賽，尤其當天晚上他在劇場的演出仍正常，顯示他既未生病，也未喝醉酒而誤事。令讀者失望的是文章內沒提程連蘇設計了什麼事情絆住金陵福，更沒說金陵福下的是什麼樣詛咒。

杭特鐵青著臉將這份報紙摔在大約翰桌上。

摩瑟偶爾到酒館與大約翰喝杯酒，不談魔術只談天氣，談新的戲碼，喝完總拍拍大約翰的肩膀便離去。

最後一次與摩瑟喝酒，金陵福難得的也來了。

中國人的微笑很特別，不願伸展每寸肌膚的盡情大笑，永遠像受了某種約束，拘謹的似笑不笑。難得的，湯姆依然臭著臉，看也不看金陵福，卻送來三杯啤酒。

繼續演完整個夏天，照樣場場爆滿，摩瑟說他們將結束在倫敦的演出。

「回美國？」

「不，巴黎。」

「表演？」

「不，金陵福去巴黎，我回美國。我結束作為他經紀人的工作。」

「既非表演，金陵福為什麼去巴黎？」

摩瑟轉頭看看喝得嘴巴周圍沾了啤酒泡沫的金陵福。

「他說去學另一種魔術。」

「另一種魔術？」

摩瑟和邱先生一樣，他們都不再透露秘密了。

大約翰本來想問小青的下落，不知怎的沒問。

倫敦少了金陵福，劇場照樣熱鬧，烏克蘭、比利時的魔術師帶來新的魔術，胡迪尼繼續打開據說永遠打不開的鎖，而最偉大的中國魔術師程連蘇沒讓他的劇場冷清。

邱先生的燈籠其實從未熄過，提示路人小店一天二十四小時皆處於營業狀態中。他的最新發明不是魔術道具，是燈。他接了電線和燈泡進燈籠內，高椅中間裝了自行車的踏板，許多齒輪組成的複雜機器連結到踏板，邱先生只消坐在椅上，兩腳不停的踩踏發電，燈籠便永遠亮著。

「約翰先生，你看我的自來電燈籠，世紀性的發明吧。」

「你總有累的時候。」

「對，我一累就不踩，門口的燈籠不亮，客人不會進來打擾我休息，聰明的發明對吧？」邱先生神秘的從檯下拿出兩根電線：「正在研究如果讓電流通過我身體，再輸進你的穴道，說不定能治癒你的心病。」

對金陵福的離開倫敦，邱先生既未驚訝，也不遺憾，只專心的替齒輪上油潤滑。

「天下沒有不散的筵席，喝完酒走人，酒吧明天換另一批客人。金陵福下一站去哪兒？別問我，他有陽關道，我有獨木橋。」

舉起手中拆下所有零件的鐘面，

「看過往回走的鐘嗎？我的新發明，走的鐘，時間一直朝過去進行，像現在是晚上九點十七分，等下變成十六分、十五分。」

「魔術道具？」

邱先生搖頭。

「時間是最大的魔術師，如果一分不再六十秒，變成五十九秒，猜猜我們的世界會變成什麼模樣？所以最近我開始研究時間，製造倒著走的鐘。現在我們會說距離明天還有二小時四十二分三十秒，等我的鐘發明成功，要改說回到昨天還有三小時二十七分十七秒。」

「這樣有什麼意義？」

邱先生的指頭將分針反方向的推動。

「意義？你不想在家裡掛個倒走的鐘？約翰先生，我們從小到大總想往未來走，可是對未來毫無所知，如果往過去走，可以做的事多了，至少，」他的指頭在大約翰眼前轉圈子，「不會犯同樣的錯誤。」

大約翰用力眨眼免得被邱先生催眠。

「告訴你，」邱先生對大約翰沒被催眠感到喪氣，放下手裡的鐘面。「來自中國的偉大 Mr. Choo 預言，全世界最大的魔術就是走進過去。」

「你成功了嗎？」大約翰問。「我是說你做的反向走的鐘和你說的走進過去？」

「嘖，約翰先生，重要的是發明的過程，不是結果。你一定要清楚人生快樂的部分在過程，結果徒存死前病床上的懊悔與悲傷。」

玩魔術的人像不斷尋找玩具的孩子，他們注定長不大？

金陵福留下他的魔術槍，掛在邱先生身後的牆上。金陵福說他用不著，而且他從來不喜歡毛瑟槍，八國聯軍登陸大沽口後，毛瑟槍殺了不少中國人。

另外，燒飯的中國盲老人如今替邱先生每天送兩餐飯，後巷內搭個小棚子，老人和他的炭爐有了新的棲身之地。

邱先生絕口不提他怎麼找到燒飯老人，凡是與小青有關的事情，大約翰得到的永遠是算盤珠子碰撞的聲音。

「小青是你人生過程裡一顆小小的石子，不小心你踩上，滑了一跤，可能留下傷痕，可能只是滑一跤，站起身拍拍沾上褲腳的灰。當然，看起來小青像是掉到你頭頂的大岩石，砸得你半死不活，幸好你還年輕，總會康復。日後天陰下雨，腦門免不了發癢，到時你可能想到她，抓抓舊傷口，如此而已。」

大約翰情不自禁摸他的後腦，沒有舊傷口，倒是覺得腦子空了，少的是什麼？邱先生說的，未完成的遺憾？

什麼時候可以展示往回走的鐘？或者只是邱先生的另一個與噩夢、春夢無關的夢？

大約翰懶得多問，但大約翰每次去免不了仍有茶和中國草藥，運氣好則可以吃到熟悉的中國菜，他喜歡盲老人以醬油燒的魚。

喝黑色的濃茶、使用筷子吃中國米飯，聞著艾草的香味，大約翰想起小青身上的氣味和她以筷尖夾起一小塊魚肉進嘴的細巧的身影。

大約翰在一九〇八年辭去《周日派送》的工作，他並未跳槽或換工作，而是消失。有天早上，他不見了。

如此而已。

第三部

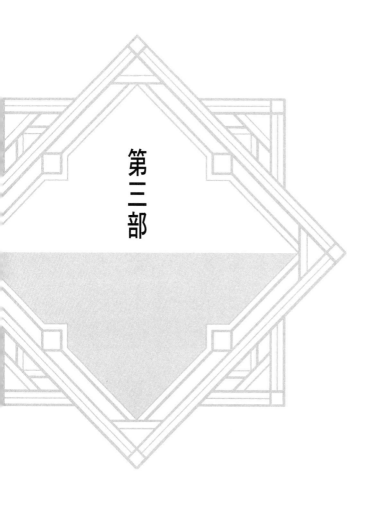

武漢戰爭　Wuhan War

一九一一年八月初十日，漢口俄租界寶善里十四號，孫武意外的接待一組三人的不速之客，從窗縫往外瞧，敲門的是名高瘦的中年漢子，既不像朝廷的人，也不像江湖裡的兄弟，無論是哪方人馬，門不能不開。交代屋內的人藏好武器和炸彈，孫武抖抖袖子擠出點笑容才打開門，穿長袍褂子臉龐黝黑的漢子作個揖遞上介紹信，看信尾的署名與簽字，孫武認得明確，同盟會黃興的筆跡。

孫武沒多問，要求漢子領其他人速速進屋，因為其中一人顯然洋人，引人注意。洋人長得比漢子更高，壯許多，即使穿上中式袍子、戴的小帽接了假辮子也掩不住他不同於中國人的身材。

第三人後腳才踏進屋子，大門立即掩上，十幾把槍從暗處冒出，槍槍指向來客。

八月的事早計畫好，不過同盟會從沒向湖北同志提過這三個組合怪異的搭檔，即使有黃興的信，孫武仍得盤問一番。

第三個人取下頭下的氈帽，省了盤問手續，孫武彎腰畢恭畢敬的行禮：

「大師姐好。」

小青甩甩從帽裡落下的銀閃閃白色短髮朝孫武拱手。

「不敢。」

「請問這兩位是會裡的？幫裡的？」

小青搖頭。

「那麼是？」

小青抬頭瞄了兩名高大的同伴一眼：

「魔術師，耍把戲的，從美國趕來，金陵福和他的英國人助理約翰先生。」

「魔術師？來到武漢是為了？」

小青抿嘴笑：

「演場天大的戲法。」

一九〇七年共進會成立於日本東京，奉同盟會的孫文為領袖。按照革命計畫，主要成員先後返回湖北地區發展組織並安排下次的起義行動，孫武是其中之一的重要幹部，他負責聯絡新軍的同志，打算於月底起事。連日忙著儲存槍枝、彈藥，清廷似乎得到訊息，偵騎四出打探革命黨的指揮總部，孫武與其他同志再三研商，選擇俄租界這處民宅，對外聲稱是買辦，專營洋人生意，免得同志進出頻繁惹出閒話。千算萬算，沒算到真來個洋人。

小青不屬於同盟會，不屬於任何團體，但在革命的圈子裡誰都聽說有個來去無蹤影，武藝高強的大師姐。

寶善里的工作站儲存軍火，連日忙著製作炸彈，不方便讓外人久留，孫武領他們乘漁船過江到武昌交付給其他的主事同志。七個人在小朝街八十五號對小青一行做深入訊問。

顯然共進會對三名陌生人仍心存戒心，所有人相互介紹完，由擔任參謀的劉堯澂提出疑問。

「無論在幫、在會，久聞大師姐輩分高，一向神龍見首不見尾，難得孫武在東京見過您，既是自己人，不廢話，我直接問了，大師姐打算參與這次行動？」

「是的。」

「帶來多少人？多少桿槍？」

「全部三人，你眼前的這三個。沒有槍，但有兩台機器。」

「什麼樣的機器？」

「電影攝影機。」

到此，等於結束劉堯澂的詢問，在場沒人弄得清什麼是電影，什麼是攝影機？更緊要的，和革命又是什麼關係？

「攝影機是種把動作連續拍成很長的片子的機器，放映的速度快，看起來和真實場面差不多。」

七人面面相覷，誰也沒接話。小青一再解釋，直至金陵福從包袱內拿出圓鐵罐內的一捲片子，就著燈光讓眾人瞧，劉堯澂的右掌往膝蓋頭一拍：

「拉洋片。明白，在北京見過。」

小青含笑點頭。

「不過你們拍電影，為什麼挑這個時候到湖北？」

「外面傳遍八月十五殺韃子的消息，距今沒幾天，我們打算隨革命軍拍起義過程。」

劉堯澂看看其他同志，起義的時間居然傳得天下皆知？這還怎麼個革命法？

鄧玉麟敲門進來，遞了封電報：

「清幫老爺子證實他們的身分，還有剛收到黃興的密函。」

室內變得寂靜，劉堯澂看完電報與信，順手遞給左手邊的同志。

「黃興說得清楚，大師姐要把革命過程拍下來，放給海內外關心革命的人看，方便孫文募款。」劉堯澂對其他六人說明。

終於有人接話了：

「大師姐想怎麼個拍法？」

「只要革命槍響，我們抬機器跟著革命的同志一起行動，交通、安全自理，各位不用擔心。」

「連我們也還沒決定哪天發動革命，現在沒辦法向大師姐說明。」

說到重點，其他六人頻頻點頭。

小青沒開口，倒是她身後瘦黑男人嗑嗑巴巴說了話：

「在下金陵福，電影由我負責拍，一旁的是約翰先生，我的助理，原先是英國倫敦的記者。」

十幾隻眼睛盯向大約翰，盯得他滿臉飛紅，尷尬的向大家揮揮手。

「他聽得懂一點北京話，可是湖北話、四川話，一句也不懂。」

有人發出笑聲，氣氛頓時舒緩不少。

「本來我們打算年初跟隨黃興拍廣州起事過程，片子，」金陵福舉起手中的鐵盒，「不小心全浸了水，只好去東京再買一批，誤了時機，聽到共進會和文學社計畫在湖北起義，徵得黃興先生的同意，繞道由香港進廣州轉來。」

「喝茶，說說你的電影，不然不曉得從何幫忙。」劉堯澂舉起茶杯。

電影，別說共進會的人，連金陵福也是在一九〇三年才聽說，一九〇五年離開倫敦為的就是趕到巴黎見法國人拍的片子《火車進站》，當時他差點被衝出銀幕的火車嚇得躲到椅子底下。

金陵福看了小青一眼，咧開嘴笑：

「各位同志，電影啊，一時說不清，這麼說吧，一種戲法，真實的戲法，沒人不愛的戲法。」

「戲法？」有人講話了，「弄到海外去給人看看，能募到革命經費？」

「不僅為了經費，」小青按住金陵福，「有機會把革命的真實情況放給更多的中國人看，容易形成推翻滿清的共識。」

推翻滿清？懂不懂啥是電影，無所謂了。

不能離武昌的寶善里太遠，小青一行選在王府口找了住處，一旦革命行動開始，劉堯澂說明，蛇無頭不行，目標是總督府，攻破督署，殺掉總督瑞澂，到時消息傳出去，湖南、兩廣的革命黨人與上海的槍枝分途趕到武昌，併力攻下漢口、漢陽，以湖北的力量在長江下游壓迫清軍。

小青和金陵福分工，她和共進會保持聯繫，金陵福四處走動熟悉武昌城，大約翰太顯眼，待在住處整理機器。

共進會在總督衙門後圍牆外的武昌帽店樓上安排人手，孫武做好炸彈往那兒送，起義槍一響便往衙門內扔，炸個瑞澂手下親兵雞飛狗跳。小青覺得可以在帽店架好機器，哪天起事皆誤不了事，轉動機器即可拍攝。怎曉得革命消息傳得滿城皆知，風聲緊，總督衙門下令收回新軍所有槍械集體保管，起義時間被迫延後。

更令人猝不及防的，八月十八，孫武在漢口做炸彈，因為某個渾球同志將香菸灰撣進裝炸藥的面盆內引發爆炸，孫武的臉被炸傷，俄國巡捕抄了寶善里。

湖廣總督署得到消息，下令武昌與漢口街市戒嚴，城門關閉，小朝街八十五號的總部被瑞澂的戈什哈踹破，劉堯澂甩炸彈抵抗時炸傷手臂當場被捕，被架往總督衙門前砍頭。

一下子沒了聯絡人，局勢混亂。小青打算領她的電影隊伍暫時退回上海，可是滿街的戈什哈，他們出不去。正慌得不知該如何是好，當晚七點多，一陣雷點般的敲門聲落在小青一行人的下榻處，仍由小青應門，來人什麼也沒說，交給小青幾塊白布交代：

「綁在手臂，今晚聽到槍聲，往東南角的楚望台軍械庫會合。」

金陵福在小青身後點頭，他知道地方。

接下來是等待，根據大約翰事後留下的日記，他渾身止不住的抖，害怕中帶著興奮，他們將面對一個多世紀以來中國最大的事件。一桿旱煙他和金陵福抽得呼啦呼，終於盼到大日子。

金陵福在巴黎買的攝影機，試拍過幾部，接到小青的電報，先到美國，意外的撞上大約翰，被金陵福三說兩說也迷上電影。大約翰人高馬大，扛起機器不費事，上船隨金陵福到中國拍電影。

大約翰不知道的是，他們即將拍攝的不僅是電影，而且是全世界第一部戰爭紀實片。

九點多，從戳破的窗角望出去，武昌城內幾乎見不到燈火，連巡警也不見一人。才吸進一口菸，遠方傳來類似炮仗的槍聲，大約翰險些給嗆到。小青將縫好的白巾條套上兩個男人的臂膀，大約翰扛起機器跟著金陵福往外衝。

街上沒人，他們加快腳步往楚望台奔，接近軍械庫，四處竄出穿同樣軍服的新軍士兵，有的綁了白布條，有的沒有，說也奇怪，無論哪一方都無視於金陵福一行人的存在。

之後的一天一夜，他們沒闔過眼，從楚望台、保安門、望山門，攀上蛇山、長江碼頭，再進督撫衙門，跟著炮聲、槍聲轉，一度登上洋船要拍瑞澂逃上楚豫兵艦的狼狽樣子。

整個拍片過程沒有留下詳實的文字紀錄，僅有大約翰簡單的日記，其中一段寫著：

「片子不夠，金陵福早先便擔心帶的底片太少，果然如此。去哪裡找片子？」

戰事進行得並不如孫武當初預估的樂觀，清兵回過神，幾萬枝洋槍夾著虎虎生風的洋炮大有奪回武昌的氣勢。

北方來的消息，北京調動人馬，陸軍大臣蔭昌領二十萬大軍直逼長江。

八月二十，小青等三人被困在江邊的民宅，瑞澂的炮艦拚了命朝岸上轟，這回隱形披風也擋不過不長眼的炮彈。

小青主張暫時撤回上海補充底片，金陵福吊起眼角：

「一去一回，革命早結束。不行。」

「還缺什麼沒拍的？」

「沒結尾。」

金陵福說得實在，仗打到現在，他們有的不過是零星的片段，總不能虎頭蛇尾，缺少令觀眾振奮的結局。

「記得火車進站那片子吧，火車得進站，戲法才驚人，我們拍了起義，拍了巷戰，就是拉了半天汽笛仍沒進站。」

金陵福一句話把三人打回牆角各自思索。

共進會的人闖進只剩半堵牆的破屋打破沉默，遇上大麻煩，革命的新軍同志階級太低，無法號召更多清軍加入，幾經討論，決定推清廷駐武昌的協統黎元洪負責新成立的軍政府，畢竟他是武昌城內最高的將領，可是黎元洪不願意，怕革命不成，被殺頭。希望大師姐幫忙出個主意，清兵壓境，此時說什麼也得拱個壓得住陣腳的統帥不可。

大約翰吞吞吐吐，他有主意。

「搬運法不行，能不能玩點空手接子彈的障眼法？」

小青兩眼一亮。

「你是說讓黎元洪相信革命已經成功？」

大約翰點點頭。

關於黎元洪，八月十八深夜新軍的槍聲才響不久，他便下落不明，十九日深夜在他一名參謀家的床底下被拉出來，一夥黨人簇擁下到了楚望台。

當時堂堂清軍駐武昌的協統黎元洪蓬頭散髮，袍服上盡是糾成團的棉絲、灰塵。一開始他揚言一死以報朝廷，經眾人勸說，他閉口什麼也不回答。

冒著炮火，金陵福與小青回住處搬東西，大約翰則被套上軍服，打扮成英國軍官。

八月二十凌晨，大約翰領著數名革命的主事者進入暫時囚禁黎元洪的屋內，一個多小時後，黎元洪容光煥發在革命軍的《安民公告》上簽了他的名字。隨後剪了辮子，黎元洪在新軍面前大喊「驅逐韃虜，恢復中華」。

讓黎元洪改變心意，大約翰和金陵福變的是什麼戲法？

事後某名進入室內的革命黨人笑著敘述，大約翰以英語夾著洋涇浜的中文對黎元洪說了很長的一段話，大意是英國政府已經決定支持革命，他是代表。黎元洪仍不肯鬆口，金陵福便放了一段他在上海黃浦江拍下的英國軍艦影片，說船堅炮利的英國大軍已經到漢口江面了。

金陵福與小青搬來的是電影放映機！

拍下黎元洪簽字的畫面，金陵福並未舒展他緊鎖的眉頭。電影的結局沒有震撼效果，像《空中釣魚》，竿子甩出去，在觀眾頭頂釣到魚，能吸引全場驚嘆聲是將魚扔進水缸，見牠在水中游的那一刻。

「得讓魚進缸子游會兒水。」

大約翰同意，小青抿著笑也點頭。

革命軍內最奇特的三名參與者便在二十日接近中午時，再扛機器冒著槍彈登上黃鶴樓。手臂掛白布條的共進會新軍成員不顧周圍的槍子兒，於樓頂升起紅底黃點的十八星革命旗幟，代表關內漢族的十八個行省。

風大，旗子被扯得呼呼直響，不僅城內的武昌民眾能瞧見，城外長江上的瑞澂炮艦更瞧得清楚，即使隔江的漢口居民也擠到江邊張大嘴看這面陌生的旗子。

所有見到旗子的人不能不相信，革命黨真打下武昌城。

沒多久，十月十一，清廷新任的總理大臣與革命黨簽下停戰協定，十二日，革命黨的蘇浙聯軍攻克南京。

入關以來建國二百七十年的大清王朝，兩個月內糊裡糊塗壽終正寢。中國歷史上還真沒哪個朝代，仗沒打，人沒殺，自己先掛白旗鞠躬下台。

無論武昌、漢口，沒再見過小青師姐領的一洋一中兩名怪人，甚至革命黨領頭的黃興抵達武昌，問也沒問小青那夥人的下落。

武昌起義的半年多之後，民國元年的新曆五月七日，上海光復已半年，虎丘路上的蘭心大戲院前車水馬龍，民國新派任的滬軍都督陳其美將到蘭心大戲院為金陵福的電影剪綵。

穿長袍的、戴老高老高洋人紳士帽的貴客依序在門前排隊，依然留辮子的、剪了辮

子的、剪了辮子卻沒把腦後頭髮削短的，什麼模樣的全有，因為中華民國上台急，滿清的宣統皇帝退位更急，年沒過完，朝廷已換了幫新面孔；因為沒人弄得清中華民國，沒人真相信紫禁城內的皇帝小子甩了頂戴花翎不會哪天興起又戴上。

黑綢大褂露出一截金表鍊的中年男人一腳踩上鞋盒，由小鞋童擦亮他皮鞋，邊和旁邊胸前斜掛皮帶的軍官講著話：

「金陵福不是變戲法的？這回怎麼拉起洋片？」

軍官就著青花瓷壺咂著口裡的茶葉末：

「不叫戲法，如今時興電影，金陵福拍的電影，不是拉洋片。」

「電影有戲法好看？」

「沒見過，都督發的請柬，來看個新鮮。」

說著話，兩人的眼睛落在戲院口櫥窗內的海報：

武漢戰爭　金陵福導演

付了錢，金表鍊男子與軍官一前一後排進隊伍步入戲院。

一如往常，戲院內賣瓜子的、倒茶水的，吆喝得起勁，前排坐了一列洋人，租界裡的各國領事，他們來看都督陳其美或是金陵福的電影？

鑼響，八名身著繡花錦衣的男女幾個翻滾登上舞台，每人手中一個銀環，往空中擲的同時朝中間疊起羅漢，底層三人，中層兩人，兩人再各拉住旋轉身子的一人，最上層一人。但見八枚銀環閃著刺眼光芒往下落，上層的男孩先接住一枚，以手中的這枚叮噹聲裡接住其他七枚，再一甩手中的環，七枚竟然不知怎的變成一枚。

全場響起喊好的喝采聲。

最後一枚銀環往上飛，它沒落下，倒是落下雪花似的花瓣。

八人散往各處接住舞台兩側滾出的圓瓦缸，他們躺下以腳滾起圓缸、以頭頂起圓缸，再將圓缸相互踢給對方繼續滾在腳尖與頭頂。看似沉重的大缸在他們腳下如同沒有重量的紙盒子，不時飛騰於不同的腳尖。

叫賣的小販悄悄退出觀眾席，身著全新軍服手扶佩刀刀柄的滬軍都督陳其美由幾名軍官開路走到第一排中間，士紳、官員起身鼓掌。陳其美剛坐定，舞台燈光轉暗，僅留一盞罩在不知何時站於中間的金陵福身上，他仍一襲長袍，剪斷辮子後乾脆剃了光頭。

金陵福撩起袍襬，走了幾步到台邊向陳其美鞠躬行禮，陳其美也起身回了軍禮。

只見金陵福掏出一方青天白日的大布旗，揮舞兩下，往地面一扔，他右手兩指捏著手巾中央緩緩上提，提到腰間時忽然加快動作，猛然將手巾掀開，掌聲從四面八方傳來，手巾下竟是口兩人才抬得動的大缸。

金陵福往空中連抓三把，缸內游起三條泛著紅白鱗光的鯉魚。

在武昌城裡金陵福說的沒錯，非得魚游在缸裡，把戲才算有個令人滿意的結尾。

燈光一滅，金陵福消失於舞台，銀幕上閃現跳躍的光點，接著十多名著新軍制服的士兵連拉帶推將山炮安置於山頂，填彈、瞄準、開炮，字幕在士兵張手歡呼時出現：

武漢戰爭

和表演魔術不同，沒有鑼鼓，沒有叫好，場內安靜得連蒼蠅搓腳的聲音也能聽得到，直到革命軍衝進內城的旗兵營房以刺刀和子彈追殺奔逃中的旗兵眷屬，才傳出驚呼聲。

再看到革命軍持火把將督撫衙門前的民宅燒得通紅，炮兵透過火光的照射往衙門內射擊。軍伍一波波往前衝，最前面一排在機關槍前倒地，後面一波爬起身照樣往前衝。

一門火炮對著觀眾開火，炮口散出的白煙驚出另一波喊叫。

第一排正中陳其美沒被嚇到，筆挺的站直身子，他的人形映在銀幕，周圍的人跟著起立，黃鶴樓上飄起湖北革命黨人的十八星旗。

陳其美鼓掌也許僅代表他支持的革命黨起義成功，興奮，不過接下來連著一個月，戲院前排隊的人龍沒停過，拿第一天掛金表鍊的中年士紳來說，他看了三次，對許多人下了中肯的評語：

「金陵福這個戲法變得好，跟真的一樣。」

每天早場，金陵福必笑瞇瞇站在戲院前向每位進場的觀眾致意。弄不清導演是啥個名堂，人人仍稱金陵福為變戲法的，至於電影，當然就是戲法，天大的戲法。

對大約翰而言，革命已經結束，他和金陵福拍出《武漢戰爭》，接下來該繼續拍中國，或者回到他記者的本行？從革命那天起，大約翰發出不少電報回英國，《周日派送》一反傳統的連著幾星期以中國革命的消息刊登在首頁。返鄉重操舊業未必不是個好的選擇，可是大約翰的心仍掉在女人身上，當初真該聽邱先生的話，喝完那幾服能清心定魂叫什麼逍遙散的草藥。

唯一知道大約翰要走的，當然是小青。她依然紮緊褲腳，男人打扮的領高大的洋人繞進城隍廟旁的小巷弄。一層層、一疊疊的房子，一排排、一件件飛舞的晾曬衣服，小青熟門熟路穿梭其中，最後進了一間小屋，室內一張大木床配紅木方桌。她往床上一坐，擺手要大約翰坐對面的木椅。

桌上擺了八個大碗，菜香味順著灑進來的午後光線盤旋在兩人的頭頂。

「總算逃開官場，我們倆靜靜吃餐飯。」

小青兩手捧起酒碗。

「緣分，為程連蘇和金陵福喝一口。」

看著細巧的指頭使著筷子將肉塊、魚肉布到面前的碗內，大約翰原本的問題，剎那間又消失得無影無蹤。

小青說話的速度很慢，講著講著臉龐彷彿罩在晚秋陽光的金光色澤中。

什麼話也沒說，大約翰滿足於小青風鈴般的笑聲與每一碗的食物，他悶著頭吃，把日後能回味的盡可能全吃進肚，接下的日子，或許他能細細咀嚼。

飯後往江邊走，從未聽過小青講這麼多話，乍聽沒有重點，稍稍用心，能聽得出小青將她的人生有意無意藏進長串的故事的縫隙。

他們走了極長的路，見到外灘倒影於江水的高樓，沒有痕跡的，小青不見了。

第二天大約翰上船離開中國，起初他甚至搞不清這是艘什麼船，開往什麼地方？想問，卻懶得開口，躺進船艙蒙頭便睡，他睡了很久。

空手接子彈　Condemned to Death by the Boxers

一九一八年一月七日，紐約市著名的雜技劇場裡外人聲鼎沸，脫逃大師胡迪尼與重達四噸的傑妮聯手演出《大象不見了》。

雜技劇場建於一九〇五年，五千三百個座位，位於曼哈頓第六大道中央，當時是全世界最大的劇場，僅舞台正面便長達六十一公尺，室內三層，高大的圓頂與阿拉伯風情的包廂充滿東方情調，號稱能容納一千名演員表演。舞台下方建造容量八千加侖的巨大水箱，一旦升起可以表演水中芭蕾。

之前胡迪尼的名氣已經夠大，無論怎麼綑綁、活埋，他總有辦法順利的在死亡邊緣逃出。這次他不再玩脫逃，不僅回歸魔術本身，玩的還是史上最大的道具，印度象。寬廣的劇場舞台中央擺設一具架高的大箱子，一如類似的消失魔術，抬高箱子是為了向觀眾證明絕無通往舞台下面玻璃水箱的通道。

胡迪尼高亢的介紹木箱的高度、寬度，看來它真的不過就是個普通卻比較大的箱子。

傑妮由胡迪尼引導做了幾個馬戲表演常見的抬起前腿、高舉象鼻把戲後，由馴獸師牽進箱子內，隨即關上箱門拉下布簾。現場沒人出聲，專注的看著魔術師每一舉手投足。

玩了幾個誇張的玄虛動作後，當布簾拉開、箱門打開，巨大的印度象傑妮真如海報上所寫的：胡迪尼把大象變不見了。

當時五千多名在場的觀眾，大多坐在突出的舞台前方瞪大他們的眼睛，另一些還坐在二樓的包廂，居高臨下不讓胡迪尼逃離視線。他們確定大象進了箱子，也不能不同意大象真的消失了蹤影。

接下來的日子，探討《大象不見了》的文章出現在各種媒體，一種說法是支起的箱子仍有暗道通往地下，另一種比較可信的說法則是有兩個箱子，胡迪尼將空箱子取代裝了傑妮的箱子，但怎麼交換箱子卻沒人說得清。各式各樣不同的推測，魔術的樂趣便在觀眾試圖拆穿秘密，魔術師也樂於任由大家猜測。

不僅如此，胡迪尼同時展示了傳說中的《土耳其人》，頭上纏著盤得很高的布巾，身穿大袍的木製土耳其人坐在棋盤後，他能表演拿棋、擺棋、招手、握手等許多動作，可是不再和觀眾下棋。

胡迪尼對此解釋說，下棋不適合在舞台上表演，也許找個對的場所、找到對的對手，說不定讓土耳其人再顯棋藝。

有了大象傑妮，沒人在意一旁的土耳其人。

出道時玩撲克牌、從魔術師的高帽子內揪出兔子，幾年之後，他玩到大象。來自匈牙利的小個子改變了魔術，使魔術進入大舞台的新時代。

台下某個角落坐著不易被人察覺的金陵福，他已剪掉辮子，倒是仍頂著瓜皮帽遮掩已明顯脫髮嚴重的頭顱。坐在他身旁，穿元寶形狀高領繡花鳳仙裝的中國女子謹慎的從頭到尾挺直上半身，即使如此仍看得出她身材袖珍。令西方人讚嘆的，女人皮膚白淨得如廚房內泡了一天一夜水的豆腐，巴掌大的臉孔讓人無從判定年紀。

觀看表演的過程，金陵福偶爾在女人的耳邊小聲說話。當大象不見，金陵福並未露出興奮的表情，他撇了撇嘴，手掌應付的隨全場觀眾拍了兩下。

女人的表情隨著金陵福的情緒改變，金陵福笑，她笑；金陵福搖頭，她收起笑。其間女人曾將頭倚在金陵福的肩頭、曾經半仰臉深情的看看她的男人。

台上的胡迪尼發現金陵福了嗎？應該沒有，否則金陵福會被請到前排，不會坐在中段的外側席次。誰都知道胡迪尼與金陵福在英國建立的交情。

金陵福刻意低調進場，是為了研究胡迪尼的手法？他打算重出江湖？

現場有人認出金陵福，開始猜測他身旁的女伴。還是女人心細，戴白色盤子狀小帽的中年女士一手指向金陵福，一手掩住嘴，那是齊朵公主嗎？

她的驚訝頂多惹起男伴的好奇，齊朵離開舞台許多年了。男伴把視線移回台上，胡迪尼彎腰接受全場的掌聲。

如果大約翰仍是記者，也在現場，說不定把握機會詢問金陵福對胡迪尼新魔術的看法，大約翰不巧的不在。

金陵福離開倫敦後，從此無論美國或英國，沒人再見過他。大約翰於一九〇八年辭去《周日派送》的工作，登上往美國的大郵輪。

為何突然起意去美國？大約翰的說法是探親，真相只有邱先生小店後面燒飯的盲眼中國老人知道。

一九〇五年金陵福未現身與程連蘇對決，大約翰費盡氣力也問不出原因，當他為其他事分心時，劇場外換了新海報，金陵福散了他的班子，一個人走了。原本以為邱先生會告訴他到底發生什麼事，但邱先生一如以往又捏又搓他嘴唇上幾根柔軟稀疏的鬍子：

「約翰先生，你額頭無光、臉龐浮腫，多久沒吃我的草藥？」

聞到記憶中帶焦味的米飯香味，大約翰走進後巷，盲眼老人似乎聽得出他的腳步聲，盛了碗飯遞給大約翰。就近坐在台階，大約翰聞著飯香，設法正確的使用筷子夾起飯上甜甜的豬肉。沒有緣由的，老人翻起淡灰色瞳孔的眼球說出兩個許多人聽不懂的英文單字：

「紐約。」

至於大約翰遠赴美國追的是金陵福或小青？

已知的是他在紐約沒找到金陵福，卻聽說金陵福迷上愛迪生的新發明。專程趕到愛迪生在新澤西州設立的曼羅公園實驗室，得到打工的機會混了幾個月。實驗室內的同事得知金陵福去了佛羅里達，大約翰再追去，從此流浪於大西洋沿岸的各個地市。

來來回回，大約翰最終在費城找到金陵福，那時的金陵福已完全不表演魔術，扛著攝影機到處拍人物、風景，為電影著迷。找到金陵福，也找到了小青。從此他跟著兩個中國人走遍許多地方，甚至到了中國，至於他為何又離開金陵福與小青，更沒人曉得，而陪金陵福看胡迪尼表演的不是小青，竟是癡情的齊朵，更沒人清楚原因。

科學家證實地球會動，可是在真實的人生裡，地球不動，動的是人。有些隨潮水上岸，朝不同方向走了，有些則隨潮水退去，繼續飄泊。

倒是胡迪尼與傑妮完美演出的消息從美國傳往大西洋的彼岸，歐陸仍陷於大戰的泥沼，西線敵對的百萬大軍躲在壕溝內期待冬天快點過去。菱形的馬克一號戰車與口徑增大的重型火炮壓過鐵絲網與鹿砦，頂多讓地圖上的兩軍分隔線做了幾釐米的移動。倫敦較不受戰爭影響，平靜得嗅不出硝煙味，陰沉的濃雲下，每個人見面討論的是戰事，祈求老天早點結束愈來愈找不出意義的大戰。

除了戰爭，仍有人留意伍德葛林帝國劇場外的新海報：

程連蘇，世界上最偉大的魔術師，揭露東方的神秘

換了更大的演出場地，程連蘇是倫敦持久不衰的中國魔術師。

一九一八年的三月二十三日，程連蘇在伍德葛林帝國劇場演出他不輕易表演的《空手接子彈》。外界推測可能戰爭影響了魔術的票房，而胡迪尼在美國造成的轟動對程連蘇也形成極大的壓力，於是將自己推向槍口前，希望重振聲勢。

和金陵福的比賽雖然不了了之，金陵福的缺席確實對程連蘇有利，由於不對外公開的承諾在先，程連蘇無法以此自我宣傳，可是誰也限制不了當天在現場的幾十張嘴，一傳十，十傳百，一面倒的認為金陵福怯戰，程連蘇免不了虛榮一陣子，內心卻既鬆一口氣又頗遺憾。能體會他心情的只有水仙，為了準備比賽，程連蘇不眠不休研究新

的戲法，怎曉得沒派上用場。
如今最偉大的中國魔術師得面對劇場內空席增多的現實問題，做出觀眾期待已久的決定。相信珍妮用盡心思，一度將水仙的名字放大且置於海報上方，想以水仙吸引觀眾，還大膽使用「眾神賜與人類的禮物」形容程連蘇。
追究程連蘇的鋌而走險，多少和珍妮有關，早在胡迪尼表演《大象不見了》之前，設計這套道具的公司即先和她聯絡，程連蘇很有興趣，可是珍妮問遍英倫三島各個經紀動物的公司，找不到適合表演的大象，沒多久胡迪尼搶先表演，為此她和程連蘇鬧得很不愉快，一氣之下離開劇團。
沒有了珍妮，程連蘇的表演可不能中止，新的海報貼在劇場前的玻璃窗內時，沒有期待中的驚悚名稱，說實在的，他可以用一百種華麗的名詞裝飾《空手接子彈》的魔術，奇怪的，他依然堅持使用《拳匪的咒死》。
距離一九〇〇年的拳匪之亂已很多年，許多人根本忘記那場極為短暫且發生在遙遠東方的亂事，難道他忘不了？也許他幾次對外宣稱自己曾受到拳匪的迫害是真的，仇恨不容易消失，反而日積月累，隨歲月變成巨大的怪物。
一九〇五年的比賽對金陵福早已不再有意義，對程連蘇始終是個沉重的包袱，他甩不掉。

為了消除大家對他中國人身分的疑慮，程連蘇透過記者表示他的祖父來自蘇格蘭，進照相館坐在中國黃龍旗、蘇格蘭獅旗中間拍下證明他血統的照片。

有關一九一八年發生在舞台的憾事，熟悉程連蘇劇團的同行認為自從小青離去後，缺少值得信賴且細心的人妥善處理槍枝，而程連蘇一向在意表演的形式，常忽略事前準備的細節。

誰都會犯錯，魔術師不例外，他一時失神鑄下大錯而已。

最帶有魔幻色彩的說法則是金陵福下了符咒，憑金陵福的本事，除非某種強大的莫名力量，他怎可能於比賽時缺席？金陵福的怨恨成為跳上程連蘇肩膀的惡靈？

小青不告而別，但她留下保養得狀況極佳的魔術槍，可是依程連蘇的個性，非想在槍上玩點新鮮的不可。某個深夜他走進掛燈籠的東方雜貨店，一家報紙指證歷歷說他見到由胡迪尼、金陵福兩位魔術大師認可的新式後膛魔術槍後，愛不釋手。買下沒有，則無法證實。進店打探消息的記者都被逼喝下黑色的中國苦茶，換到的只是邱先生搖不停的食指：

「No, no, no, no。誰也別想從我嘴裡問出程連蘇的秘密，中國江湖上講究的道義，你們洋人說的職業道德，不過誰要買空桿釣魚的魚餌，喂喂，一英鎊，一英鎊而已。」

總之，《拳匪的咒死》演出當天，劇場難得的大爆滿，場外報童叫賣新聞快報，英法聯軍擋下德軍猛烈的攻勢，馬恩河沿岸的堡壘堅固如昔，德軍留下近五萬具屍體，退回興登堡防線。本來成天耗在劇場外的小報童早不賣報紙，他是新聞裡見不到但絕對存在微不足道的分子，於西線的壕溝內等待倫敦寄去情人郵件。戰爭帶給他最大的損失可能是沒趕上程連蘇的最後一場表演。

觀眾陸續進場，圓拱的屋頂飄浮著電燈照射下緩緩飄移的煙霧。台下人談著蘇聯退出戰局對協約國戰力的影響，躺在台上幾名東方臉孔的壯碩武師努力以兩腳轉動圓滾滾的中國式木頭凳子，忽然動作一變，彼此踢換凳子，純熟的腳下功夫僅換得疏落的掌聲。

鑼響，所人期待的偉大中國魔術師程連蘇登場了。

兩名助手扮演拳匪，嶄新的服飾，紅巾纏頭，胸前圓圈內寫著漢字「勇」的土黃中式軍服，程連蘇仍然滿清將官打扮，尖頂戰盔與垂下的紅纓，鐵甲戰服與鑲金邊的黑靴。

開場後程連蘇耍了一段仿中國戲劇的武打，單槍迎戰多名拳匪，刀來槍去的幾個簡單動作炒熱場子。程連蘇力盡被俘，他甩起長辮子，咬住落至嘴邊的辮梢，頑強的拒絕招降，接著是拳匪執行槍決的重頭戲。

照例由觀眾檢查槍枝與子彈，與過去進行的方式略不同，程連蘇大膽同意由觀眾上膛，為此，徵求觀眾時特別要求曾服役或有處理槍枝經驗的，以免外行人填彈時裝錯位置。

究竟哪兩人上舞台檢查與上膛，事後無法追查，即使倫敦警察局也找不到他們，再說畢竟這是場意外，不是謀殺案件，無需追查凶手。

檢查槍枝的過程簡單，其中顯然剛從戰場回來的男人習慣性先嗅嗅槍膛，確定這把槍曾經射擊過。他開玩笑的表示，最怕遇到新槍，不可預測的因素太多。

槍枝沒問題，子彈沒問題，他們用刀子在同一顆彈頭各自刻下「X」與「+」的記號，裝進兩把槍的槍膛內才下台。

為了這場表演，程連蘇使用後膛的新槍，當然和古老前膛槍不同，無法在填塞彈丸時，於通條尖端安裝磁鐵將彈丸神不知鬼不覺的吸出槍管。

新的設計在槍身內安裝機關，填入子彈時，槍手以為將子彈填進撞針的前方，不知其實按子彈時用力按到底，子彈進入的是下方的隱藏彈室，射擊雖仍冒出火花與爆炸聲，但子彈沒被擊發，傷不了程連蘇。

前後測試十多次的兩把新槍，從未出現意外。

子彈離撞針愈遠，理所當然愈安全。

水仙主張按照老法子，安排自己的人進觀眾席，選他們上台裝子彈最妥當，程連蘇不以為然，他相信既然槍枝已設計得安全，何必冒著被觀眾發現劇團作弊的危險。

究竟程連蘇是否在最後一刻接受水仙的建議？而選中上台填彈的觀眾是否為劇團安排的？事件發生後現場一片混亂，僅留下不可解的謎團。

被選中的觀眾上台檢查完槍，填進子彈，扮成拳匪的助手舉起槍……如果是法蘭克，可能射擊前再檢查一次，那天開槍的不是法蘭克。

法蘭克去了哪裡？很久沒見到法蘭克，沒人在意程連蘇的表演裡少了爬刀山的戲碼。

更不巧的，上台前水仙和程連蘇為了點小事吵了一架，不然程連蘇可能拿起槍再檢查一次槍膛下方的暗槽。

舞台上英挺的程連蘇做了個中國太極拳裡攬雀尾的動作，右肘彎曲朝上展開如同握住某件物品的手掌，左肘朝下做出撫摸鳥類羽毛的手勢，一腳朝前，一腳在後，仰起臉孔看似不屑拳匪手裡的槍。

鑼鼓點催促表演加快速度，第一名扮拳匪的助手舉起槍，槍柄抵住肩窩，右眼貼近槍機，鑼鼓聲停止，拳匪對準程連蘇按下扳機，一切如預期，槍聲響起的同時，白色煙霧噴出槍口，置於拳匪與程連蘇中間的玻璃先被擊中，破裂成碎片，證明槍的確射出子彈，接著子彈當然毫不猶豫繼續飛向程連蘇。原先期待程連蘇旋轉身子，舞起盔甲下的襟襬，優雅的以手中瓷盤接住子彈，仰首迎接第二枚子彈，沒想到程連蘇轉也沒轉，瓷盤落在地面摔成碎片，子彈直接貫穿他的胸部，靠近舞台的前排觀眾能聽見倒在地板、鮮血從鎧甲迸出的程連蘇喊出他的遺言：

「上帝，出事了，快降下布幕。」

這是程連蘇第一次在舞台上開口說話，也是最後一次，講的不是中文或日文，是美國腔的英文。

扮演中國魔術師程連蘇的美國人威廉・艾爾斯渥斯・羅賓遜在他最著名的戲法《空手接子彈》中被擊中肺部，送往醫院急救，第二天不治死亡，享年五十六。程連蘇過去曾多次表演這項魔術，使用的是舊式前膛槍，此次則使用新式的後膛槍，沒想到出了意外。

長年擔任程連蘇助手，且被外界認為是程連蘇情婦的水仙公主過於悲痛，拒絕任何形式的採訪。

《周日派送》趕在次日印出快報，整整兩頁將程連蘇命喪舞台的過程寫得鉅細靡遺，看似寫稿的記者於出事的那一刻站在程連蘇身邊。老讀者應該記得文章後面的署名，不用真名，用的是筆名：大約翰。

即使多年來不少人懷疑程連蘇不是中國人，這卻是第一次由媒體清楚寫出程連蘇的真實身分，他曾經是前一世代偉大魔術師凱勒與赫曼的助手，在美國即以不同名字與身分表演多年。

無論程連蘇是美國人、中國人，在一連串命喪於舞台上的各國魔術師之後，偉大的程連蘇死在他最拿手的《空手接子彈》表演上。

劇場經理表示，當程連蘇倒下，許多觀眾以為程連蘇又玩新的噱頭，直到看見水仙從後台奔出，跪著捧起程連蘇已無反應的頭部，隨女人刺耳的尖叫聲，他才明白事情不對，趕緊降下布幕。

倫敦警方趕到現場展開調查，扣留舞台上所有器械，包括凶槍與尚未擊發的另一把同型步槍，對扮演拳匪的助手與水仙分別展開偵訊。

遠在美國的程連蘇好友胡迪尼接受媒體採訪時說，問題一定出在槍機。他原已宣稱要表演《空手接子彈》，在朋友的勸阻下最終放棄。記者追問下，胡迪尼也證實程連蘇的身分：

他是美國人。

程連蘇本名威廉·羅賓遜，道地的美國人，父母的確是蘇格蘭後裔。父親詹姆斯·

羅賓遜也玩魔術與雜技，藝名為坎伯爾博士。威廉跟著父親與其他已成名的魔術師學了很久，到歐洲旅行時見到柏林魔術師馬克・奥辛格以賓・阿里・貝的藝名扮成埃及人表演黑魔術，得到靈感，回美國即以「阿荷美德・賓・阿里」的阿拉伯名字登台，一炮而紅。

幾年後他設計名為《中國移民的新途徑》，分別寫著北京與舊金山的箱子，威廉・羅賓遜打扮成中國人藏進北京的箱子，當繩子把箱子往上拉時，舊金山的箱子同時往下落到舞台，他掀開箱蓋出現，移民成功。

從那次之後，他常有機會扮演中國人，深受歡迎，以至於後來他轉戰英國乾脆以程連蘇的中國人身分現身舞台。

如何選中「程連蘇」為藝名？一說受到金陵福影響，一說他直接從中國餐館的菜單內挑了幾個字組合，他認為西方觀眾最熟悉的是中國菜名，尤其十九世紀初中國外交大臣李鴻章訪問美國宴請賓客時，他的廚師炒了一道雜碎，大受好評，其後幾乎所有中國館子皆有這道名為 Chop Suey 的菜，幾乎等於中菜的代名詞，羅賓遜略加變化，便以 Chung Ling Soo 的名字登台了。

水仙也是美國人，本名奧莉薇・佩絲，綽號小不點，最初擔任威廉的助手，當威廉離婚後，儼然是公開的情婦。Suee Seen 這名字與中國餐館的菜單無關，是水仙花

Nacissus的中國名字直接音譯而來。

水仙結苞未開花前，與大蒜幾乎一個樣，因此中國人用「水仙不開花，裝蒜」暗指明知真相卻裝得不知。小不點當然知道程連蘇是美國的威廉．羅賓遜，卻陪著演出中國人的假戲碼，果然水仙。

程連蘇竟是美國人當然在倫敦引起轟動，原來幾年前金陵福的指控是對的。倫敦警局確定威廉．羅賓遜死於意外，很快結案，對於意外的內容並未詳細說明，媒體打探到的消息，凶槍的秘密在於神秘的彈倉，槍管與槍機只是裝樣子，火藥藏在槍管下方散熱、散煙的瓦斯管，當助手開槍，打的是一小團沒有彈頭的火藥，從瓦斯管口噴出火光與煙，台下觀眾誤以為是從槍口射出的。同時另一名助手按下機關，中間的玻璃爆裂破碎，更增加子彈射出的效果。

真正的子彈藏進神秘彈倉，與整個發射過程毫無關係。

出意外的原因和未清理彈倉有關，火藥殘渣塞住神秘彈倉，子彈上膛時無法進入，於是助手開槍，撞針擊中留在通往槍管後面彈倉內的子彈底部引發爆炸力，子彈真的飛向目標。

看似解釋清楚程連蘇的死亡原因，有些人仍不滿意，記者要求警方公開展示凶槍，不過水仙反對。

警方接受水仙的要求，對此只簡單講了一句話：與案情無關。

威廉．羅賓遜死後，小不點接下劇團仍表演了一陣子，實在撐不下去，結束劇團，她回到美國。

她與程連蘇一生都沒看過金陵福導演、製作的最新、最大魔術《武漢戰爭》。

老舊的木門發出呻吟，邱先生仍蹲在高椅內，室內的布置幾乎沒有變化，熟客才看得出，多了七、八張海報，包括程連蘇的、胡迪尼的、金陵福的。邱先生對每個客人不怎麼有耐心的說明，世界上偉大的魔術師都在他這兒找到最恰當的道具。

看來他生意不是很好，逼他搞些心不甘情不願的宣傳。

邱先生提起茶壺，對來客喊：

「歡迎光臨，來杯邱先生養肝補肺的上等中國茶。」

走近才發現，老鼠般的臉孔多了副眼鏡，因為放大的效果，使他原來細小的眼睛如今大得像負氣離家出走的小刺蝟。

「為什麼程連蘇的槍出意外？」

「喝茶。程連蘇的槍與我無關。」

「是你賣給他的？」

「貨物出門概不退換，誰叫他不保養，誰叫他不清理火藥殘渣。我負責發明，不負責他怎麼使用。」

邱先生尖著嗓子喊，牆壁角落的老鼠、水泥與磚塊間的壁虎大概全被吵醒。

「倫敦人還是不懂欣賞我的茶，好吧，看在你為國征戰的辛苦份上，今天請你喝酒。」

檯子對面的木椅發出吱呀的叫聲，大約翰在西線打了兩年仗，看來並未減輕他的體重，壓得木椅往下一沉。

「金陵福好吧？小青好吧？嗯，約翰先生，瘦了不少唷，倒是面色紅潤，眼光有神，英國軍隊的伙食比周日派送健康？」

該說的好像很多，一時不知從何講起；該說的又像不必說，邱先生有不曉得的事嗎？

「下個星期，嗯，保證下個星期。」邱先生擺出兩個中式小酒杯，「讓你看我新發明的道具。」

「能把大象變不見？」

「噴，胡迪尼那套騙不了我 Mr. Choo 的腦子。」他敲敲腦殼，「和程連蘇玩的特洛伊木馬一個道理，差別在大小而已。」

飯香味飄來，盲眼老人的背已駝得快成直角，他居然仍健在。大約翰上前幫忙接過兩個大碗，是米、醬油、中國式的香腸。大約翰抱住老人小聲用簡單的中國話說：

「小青，好。」

老人笑得張大幾乎沒有牙的嘴。

大約翰握緊粗糙得如同岩塊的手掌。

「會講中文了？我們的約翰先生也是個驚奇，想不想改行當魔術師，我無條件教你，不過你的道具必須向我買。」

坐回檯前，才捧起碗，大約翰不禁先嚥下口水。

「聽說金陵福的新把戲轟動中國？」

「吃完飯，讓你看。」

「你帶來了？」

大約翰沒多說，埋首進幾乎比他臉還大的碗內。

「比美國餐館的好吃多了。」

「美國？」邱先生的尖細嗓子驚落幾隻來不及活到初夏懶洋洋的鵲鳥。「美國有什麼？李鴻章雜碎、左將軍雞、幸運餅乾？約翰先生，你難道不明白倫敦的天堂在小店的後巷子！」

笑著沒回答，沒空回答，大約翰覺得他體內所有空的地方逐漸被填滿，包括空了許久，空得有時涼得打噴嚏的心。他記得碗內傳達的所有味道，東倫敦萊姆豪斯碼頭旁燒得火旺的木炭、工廠二樓的淡淡艾草、小巷裡帶焦味的米飯、盲眼老人身上衣服長年的潮濕、上海弄堂混著每一戶不同的炒菜香氣。

他慢慢的一口一口吃，期待許久又擔心日後吃不著的珍惜。

拉攏窗簾，大約翰花了點功夫擺置好放映機。

「愛迪生發明的玩意兒？拉洋片？」

「邱先生，有空你得出門多走動，世界早變了。」

「變？能怎麼變？玩來玩去同樣的把戲，魔術呀，障眼法！」

不再理會不知什麼時候跳上檯面的邱先生，蹲得像隻老得忘記年齡的猴子。

大約翰取出一捲片子裝進放映機。

「金陵福的道具？你偷來的？」

「不，我是共同製作人。」大約翰思索其他詞句，有了，「我有股份，所以分到一小捲拷貝。」

關了燈，大約翰記憶中，東方雜貨店首次熄滅所有的燈，包括門口的紅燈籠。

機器轉動，畫面上出現持槍弓身跑在街道上的軍人，中國居民驚慌得躲進家，仍不時從窗縫朝外偷看的眼珠子，然後是一門山炮，四名士兵轉動炮身，使炮口對準攝影機。

影片裡的人物速度較快，士兵誇張的裝填炮彈，調整炮身，他們全摀住耳朵。大約翰瞄了邱先生一眼，小老人也隨畫面的人物摀住耳朵。

「沒有聲音，放心。」

「不早說。」邱先生不高興的放下手。

一名士兵跑到炮前探眼往前看了看，再退回去背對山炮重新摀住耳朵。

一陣白煙從炮口冒出，砰咚，炮發射了——不，砰咚是邱先生從檯上跌到地面的聲音。

大約翰忍不住的大笑。

他錯過胡迪尼的《大象不見了》，但他沒讓邱先生錯過金陵福的《武漢戰爭》。他更想起邱先生發明的《倒走的鐘》，真的，魔術已經能帶領觀眾無聲無息的走進過去，而過去，大約翰的體內又有點空，卻也有點暖。

泰姆士河的臭味鑽過門縫，夏天到了。

二〇一七年九月二十一日，獻給我從小到大看過的所有魔術師與特技團、馬戲團，
謝謝你們豐富我的童年，而且我始終帶著童年不甘心的緩緩老去。

金陵福（1854.3.11-1922？）與胡迪尼（Harry Houdini, 1874.3.24 -1926.10.31）合影

程連蘇（1861.4.2 -1918.3.24）

文學叢書 558

金陵福
史上第二偉大的魔術師

作　　者　張國立
總 編 輯　初安民
責任編輯　陳健瑜
美術編輯　林麗華
校　　對　吳美滿　陳健瑜

發 行 人　張書銘
出　　版　INK 印刻文學生活雜誌出版有限公司
新北市中和區建一路 249 號 8 樓
電話：02-22281626
傳真：02-22281598
e-mail：ink.book@msa.hinet.net
網　　址　舒讀網 http：//www.sudu.cc

法律顧問　巨鼎博達法律事務所
施竣中律師
總 代 理　成陽出版股份有限公司
電話：03-3589000（代表號）
傳真：03-3556521
郵政劃撥　19785090 印刻文學生活雜誌出版有限公司
印　　刷　海王印刷事業股份有限公司

港澳總經銷　泛華發行代理有限公司
地　　址　香港新界將軍澳工業邨駿昌街 7 號 2 樓
電　　話　(852) 2798 2220
傳　　真　(852) 2796 5471
網　　址　www.gccd.com.hk

出版日期　2018 年 2 月　初版
ISBN　978-986-387-221-4

定　價　350 元

國家圖書館出版品預行編目資料

金陵福：史上第二偉大的魔術師／
張國立 著；
--初版, --新北市中和區：INK印刻文學,
2018.02　面；　公分.（文學叢書；558）
ISBN　978-986-387-221-4（平裝）
857.7　　106022294